君との終わりは見えなくていい

蒼山皆水

STARTS
スターツ出版株式会社

僕には、恋の終わりが見える。

目次

君との終わりは見えなくていい

プロローグ

僕には、恋の終わりが見える。

ロマンチックな比喩《ひゆ》などではなく、実際に。

その人が恋人と別れるまでの日数が、頭の上に数字として現れるのだ。

色はグレー寄りの黒で、ちょっと透けている。フォントも特段変わったものではない。パソコンとかスマホとかに表示されるような全角数字をイメージしてもらえればいい。

人間が動くと、その数字も一緒に動く。触《さわ》ることはできないが、僕の意識次第で透明度を制御することはできる。

数字を見る力は、スイッチのオンとオフのように切り替えることができて、見えない状態にして生活している。

寝ぼけていたりボケっとしていたり、そういうリラックスしている状態だと、数字が薄く浮かび上がってくる。これは反射に近い。寒さを感じると鳥肌が立つ、みたいなものだと思う。

少し邪魔なときもあるけれど、日常生活に支障が出るほどではない。

とはいえ、役に立つかと言われると、自信を持って肯定することのできない、微妙な能力だ。能力と呼んでいいのかも微妙である。

数字が見えるこの不思議な力には、いくつかルールがあった。

恋人がいない人にはそもそも数字は見えないし、複数人と交際しているような人には、複数の数字が見える。

頭の上の数字は、恋人と別れる日に0になり、別れた瞬間に、その0も完全に消える、と推測される。

他人が別れた瞬間なんて見たことはないので確実ではない。けれど、午前中に0の数字を浮かべていた人が、同じ日の午後に数字が消えた状態で、友人に慰《なぐさ》められながら泣いている様子を見たことがある。ほぼ間違いないだろう。

この力は、ものごころついた日からあった。数字のことを初めて母親に尋《たず》ねたときはずいぶん心配された。たしか、四歳くらいだったと記憶している。

「これ、なあに？」

幼少期の僕は、母親の頭の上にある数字を指さして言った。

当然、僕以外の人にも見えているものと思っていたので、そのときはなんの疑問も持っておらず、ただ単に、頭の上にある、見えるのに触れない不思議なものはなんなのだろうという意図で質問をしたのだった。

「これって？」

母は怪訝《けげん》な顔で眉をひそめた。

「ここにある、黒っぽいやつ」

幼き日の僕には、母の頭上にある五桁の数字がはっきり見えていた。でも母親は、そんなものはない、とでもいうように視線をさまよわせる。

「柾人《まさと》、あんた……。何が見えるの？　黒っぽいやつって？」

母がこわばった顔をして初めて、僕は見えてはいけないものが見えているのかもしれない、と思った。

黒という色も、どこか不吉な印象があったのだろう。母は僕を病院に連れて行こうか迷ったらしいが、小さいころの僕が必死に抵抗したため、結局やめたという。

そのころの僕には、病院は痛いことをされる、地獄みたいな恐ろしい場所というイメージがあった。注射に至っては、世界の終わりだと思っていた。当時、もし病院に行って検査をしていたら、脳科学的に新しい発見がなされたかもしれない。

不思議な力を失うことはなく、僕はまあまあ健康に成長していった。今は、平均的な一般人よりも少しネガティブで根暗《ねくら》な、特筆すべきことのない男子高校生をしている。

他人の頭の上に数字が見えることは、普通ではない。

早い段階でそれを正しく理解した僕は、力を隠すようになっていた。

そして、小学校高学年くらいのときには、その数字が何を表しているかも理解した。

その人が恋人と別れるまでの日数。

それが、頭上の数字の正体だった。

僕には、恋の終わりが見える。

第1章　どうして恋というやつはこんなにもままならないのだろう。

1

四月の下旬。

僕、橘田《きった》柾人が高校二年生に進級してから、もうすぐ一ヶ月が経とうとしていた。

二階にある自室を出て階段を降りる。あくびをしながら、リビングの扉を開けた。

「あらおはよう。今日はちょっと遅いのね」

母が僕を一瞥《いちべつ》して言った。頭の上には15744という数字が浮かんでいる。

「昨日遅くまで勉強してただけ。今日、古文の小テストあるから」

僕は目をこすって答えた。

母の言う通り、いつもよりも遅い時間の起床だったが、元々、朝は余裕を持って起きているため、学校の始業時間には問題なく間に合う。

「まったく。有華《ゆうか》にも見習ってほしいわ」

母はため息をつく。

「あたしがなんだって？」

僕の二つ下、中学三年生の妹、有華がバタバタと騒がしく階段を下りてきた。

ショートカットの頭の上に数字はない。

「おはよう。今日も朝練あるの？」

小言を言っていたのがバレると面倒だと思ったのか、母は笑顔で話題をすり替える。巧《たく》みなミスディレクションだ。

「そ、シュート練。大会も近いし。朝ごはんは？」

有華はバスケットボール部に所属していて、もうすぐ最後の大会がある。今年のチームはかなり強いらしく、関東大会も狙えると聞いていた。

「はいはい。ちょうど今できたから持っていくね」

母は朝食をテーブルに並べていく。食器をテーブルに置くたびに、数字が僕の視界に飛び込んでくる。ぎゅうっと背伸びをして、頭を十分に覚醒《かくせい》させた僕は、数字をシャットアウトした。

「いただきまーす。あ、まさ兄《にい》、それ要らないならちょうだい」

有華が、僕の目の前にある鮭の塩焼きを箸で指す。

「ダメ。あと行儀悪い」

「え～。ケチ。そんなんだからいつまで経《た》っても彼女ができないんだよ」

「関係ないでしょ。それに、彼女とかいらないし」

「うっわぁ。そうやって格好つけちゃって。こりゃあ将来も独り身かな～。親不孝者だね～」

有華は、遠慮をせずに毒を吐くことがコミュニケーションだと思っている節がある。

まあ、僕は慣れてるから別にいいんだけど。

「はいはい」

軽く受け流すと、有華は不満そうな表情で食事を再開した。

有華だって彼氏いないくせに、なんて言おうものなら、セクハラだと糾弾《きゅうだん》されることが容易に想像できる。世の中はとても不公平だと思う。

「ごちそうさま！」

有華は朝食を食べ終えると、再びドタバタと学校に行く支度を始めた。

僕は有華から守り切った鮭と白米を黙々と口に運びながら、点《つ》けっぱなしになっていたテレビに流れる映像を眺めていた。

「行ってきま～す！」

十分後。制服姿になった有華が玄関を出たタイミングで、僕は朝食を終えた。

電車の時間までは、まだ少しだけ余裕がある。スマホで、ニュースやクラスのグループトークを眺めながら時間をつぶすことにした。

芸能人の離婚。政治家の汚職事件。聞いたこともない国の災害。これといって興味のないトピックに、目を滑《すべ》らせていく。

グループトークの方には、メッセージが数十件溜《た》まっていた。そのままにしていても問題はないが、主にマイナスな意味で几帳面《きちょうめん》な僕は、通知が溜まっている事実そのものがどうにも気になってしまう。一応確認することにした。

今日の小テストの範囲を誰かが尋ね、誰かが答えている。そこから話は脱線して、面白い漫画の話になっていた。僕にはまったく関係のない内容だった。発言をしているのはいつも、十数人くらいの決まったメンバーだ。僕みたいにほとんど発言をしない人も半分くらいいる。

別に、僕はこの中にいなくてもいいんじゃないか。そんなことを考えてしまう。

それはそのまま、この世界でも同じことが言えて。

僕がいなかったとしても、なんの問題もなく、社会も地球も回っていく。

……などとネガティブなことを考えていると、家を出なくてはいけない時間が近づいていた。

「行ってきます」

「は～い。行ってらっしゃい」

テレビを眺めながらコーヒーを飲む母に声をかけて、僕は家を出た。

歩いて駅へと向かう。その道中ですれちがう人の頭の上にうっすらと数字が見える。

どうしても朝は眠くて、意識しないと数字が見えてしまうのだ。まあ。見えてしまうことにもう慣れたのだが。

５６６１。２１。２１４４９。６１１。

数字の大きさは様々だったし、数字が見える人もいれば、見えない人もいた。

一つあくびをして、シャットアウト。

恋なんてくだらない。愛なんて無意味だ。

今の僕はそんなふうに思っているけれど。

数字がある人たちみたいに、心から大切だと想い合える誰かがいれば、そんな考えも変わるのだろうか――。

ふと、一人の少女の顔が浮かぶが、すぐにそれを振り払った。

なんの取り柄もない平凡な僕が、誰かの特別になれるわけがないのだ。

僕の通う紫桜《しおう》高校は、駅から徒歩十分のところにある県立高校だ。

偏差値は、どちらかといえば高い方。難関といわれる国立大学に進学する生徒が、毎年十人程度。部活動はそれなりで、ごくごくまれに全国大会に出場するようなスターがいるくらい。

イベントもこれといって特色はない。文化祭に体育祭、球技大会。修学旅行は京都。比較的自由な校風で、生徒の自主性を育む、という名目のもと、教師も手を抜いている。

偏差値がちょうどよかったのと、最寄駅からの通学で乗り換えが必要なかったという、積極さに欠ける志望理由で入学した。

今のところ、高校生活にはそれなりに満足している。

部活動には所属していないし、友達が多いわけでも、女子にモテるわけでもない。どちらかといえばスクールカーストの下の方にいる。休み時間に話すくらいの、友人と呼べるかどうか微妙な関係性の人たちは何人かいるし、いじめや嫌がらせを受けているということもない。ただ単に、存在感が薄いだけだ。

二年生になって一ヶ月が過ぎようとしているけど、クラスメイトからしっかり認識されているかどうかも怪しい。僕はそんな、空気みたいな、透明人間みたいな存在だった。

客観的に見れば、あまり充実しているようには見えないかもしれない。でも、人にはそれぞれ〝身の丈〟というものがあって、それに応じた態度や振る舞いが求められる。

他人の定義する充実が僕の定義する充実と、必ずしも等号で結ばれるわけではない。適材適所、とはちょっと違う。魚が陸で息ができないのと一緒で、僕にきらびやかな青春は似合わない。……これもちょっと違う気がするけど。

とにかく、僕は今のポジションが無理なく自然体でいられる上限だと理解しているし、それをどうにかして変えようとも特に思っていなかった。

自分がいなくても、地球は回るし、世界も存在する。

僕は、そう思うと安心する種類の人間だった。

自分のことを正しく評価できていると言えば聞こえはいいが、向上心と自信が欠落しているということでもある。

生徒たちの喋《しゃべ》り声であふれる下駄箱で靴を履き替え、誰とも言葉を交わさず、誰とも目を合わせず、自分のクラスまでたどり着く。

教室に入ろうと、スライド式のドアに手をかけた、その瞬間だった。

「ぅわっと……ごめんなさい！」

クラスメイトの女子が勢いよく飛び出してきてぶつかりそうになるが、僕はドアが開けられたところで一歩身を引いていたので、なんとか接触せずに済んだ。

「ああ、うん。大丈夫」

「って、橋田くんかぁ」

その女子――七里梓帆《ななさとしほ》は、ぶつかりそうになったのが僕だとわかると相好《そうごう》を崩した。

「うん。橋田だけど」

と、僕はバカみたいな返答をしてしまうが、

「あはは。橋田くん、朝から面白いね」

七里さんは楽しそうに笑った。

「何が面白いかわからないんだけど」

まあ、何こいつ、みたいな反応をされるよりは百倍いいか。

「そこがまた面白いんだって。だから心配しないで」

「いや、別に心配はしてないけど……。というか七里さん、急いでなかった？」

ぶつかりそうなくらい勢いよく飛び出してきたということは、何か急用があったのでは、と推測して尋ねてみる。

「あっ、そうだ！　一限で使う資料集忘れて、借りにいくとこだったの！　ありがと！　それじゃ！」

七里さんはひと息にそう言うと、隣のクラスに向かって軽やかに駆けていった。

その後ろ姿を数秒だけ見つめてから、僕は改めて教室に入る。

明るくて社交性もある彼女は、他のクラスにも友達が多くいる。僕に対してフレンドリーに話しかけてくるのも、僕だからではなく、彼女のその性格によるもので――。

僕は息をゆっくり吐き出して、自分の席に向かう。

心臓が高鳴っていた。

クラスメイトとぶつかりそうになって驚いたから、ではない。

七里さんと会話をしたからだ。

くだらないと思っている恋を、現在進行形で、僕はしていた。

2

「よっす柾人」

スクールバッグから教科書やノートを出して机にしまっていると、後ろから軽く肩を叩《たた》かれる。

「ああ、脩平《しゅうへい》。おはよう」

声をかけてきたのは日野《ひの》脩平。僕の最も仲の良い友達だ。逆に、自信を持って友人と呼べるのは脩平くらいかもしれない。

社交性が高い。運動神経が良い。女子にモテる。ハンドボール部に属していて、二年生ながらレギュラーとして試合に出場している。中学のときから付き合っている彼女もいる。

僕とは違ってキラキラした青春を送っているようなやつなのに、学校ではなぜかいつも僕とつるんでいる。そのうち、紫桜高校の七不思議の一つになるかもしれない。

灰色にくすんだ青春を過ごしている人間は、そういう人たち同士でなんとなく固まったりしそうなものであるが、僕にそういう友人はいなかった。

もしかすると、その原因は脩平かもしれない。カースト下位の人間からすると、脩平みたいな人種は太陽みたいなもので、眩《まぶ》しいうえに近づくと火傷をしてしまう。僕も太陽みたいな人間は基本的に苦手で、脩平が例外なだけだ。

脩平とは一年生のときにも同じクラスで、毎年秋に開催される球技大会をきっかけに仲良くなった。

去年の球技大会。

僕も脩平もバスケに出場していた。

球技大会なんてやりたい人間がやればいいのに、などと思いつつ、さぼれないあたり、僕は中途半端に真面目な人間だった。

僕は、運動が得意だとは冗談でも言えないけれど、大の苦手というほどでもなかった。

バスケなら、何度か体育の授業でやったことがある。ドリブルもシュートも、なんとなくはできる。もちろん上手《うま》くはない。

それに、母親に無理やり引っ張られて、有華の大会の応援にも数回行ったことがある。中学のバスケ部とはいえ、日ごろから練習している人たちのプレーを間近で見たことがあった。というのは、あまり関係ないかもしれないけれど。

球技大会の本番当日。一回戦。僕はそれなりにパスを受けて、ほんの少しだけドリブルし、適度に、いや、かなり頻繁《ひんぱん》にシュートを外した。

そのとき同じチームだったのが脩平だ。運動神経も身体能力もずば抜けていて、完全に僕たちのチームのエースだった。今からバスケ部に入部してもレギュラーになれるんじゃないかと、素人ながらに思った。

とはいえ、バスケはチーム競技だ。相手は二年生だったし、僕たちのチームには脩平くらいしかまともに戦える選手がいなかった。

つまり、一学年上の相手にはまあ頑張ったんじゃないか、ってくらいの点差で僕たちは敗退した。満足することも、悔しがることもなく。

「おい、橋田」

試合が終わって教室に帰ろうとするところを、脩平に呼び止められた。それまでほとんど接点のなかった脩平から声をかけられて、僕は面食らった。

カースト上位の人間は、それまで一度も話したことのない人間に対して自然に話しかけることができる、という特権を持っているのだ。そのことをすっかり忘れていた。

「ああ、えっと、何か？」

しどろもどろになりながら、なんとか僕は返事をした。試合でのミスを責められるのだろうかと、ビクビクもしていた。

「お前、すごいな」

ところが、脩平は真剣な顔で僕を褒めた。

「え？」

突然の抽象的な称賛。わけがわからない。

「さっきの試合だよ。いつもパス出しやすいところにいたじゃん」

脩平の言葉は嘘《うそ》ではない。たしかに僕は、他のチームメイトに比べてパスを多く受けた。

試合が始まって数十秒後には、僕のチームは脩平以外が穴だということが見破られた。マークが脩平に集中したおかげで、僕は比較的動きやすかった。あとは、この位置にいれば味方はパスを出しやすいだろうし、余裕を持ってドリブルができたりシュートが打てたりするんじゃないかって場所にいるだけでよかった。

「まあ、シュートはほぼ全部外したけどね」

僕の言葉も嘘ではない。ゴール付近で受けた脩平からのパスを、僕は外しまくった。相手チームの守備がほとんどなかったにもかかわらず、だ。さすがに何本かは決めたし、リバウンドで得点につながったりもしたけれど。

それでもやっぱり、さっきの試合は僕が戦犯だったように思う。だから、責められることはあっても、褒《ほ》められるとは思っていなくて驚いた。

「じゃあ、シュートが入れば超つえーってことじゃん。来年は優勝目指そうぜ」

脩平は爽やかに言った。

「来年も同じクラスとは限らないんじゃ……」

僕はつい真面目に返してしまう。言ってから、彼はそういう返しを求めていなかったのだろうということに思い至る。

一般的な高校生の会話にはノリと勢いが必要だということは把握していたが、実戦で使いこなせるレベルではなかった。

「まあたしかにな！　いや、でもマジでお前の動き、忍者みたいですごかったぜ。中学のとき、バスケ部だったとか？」

僕のクソ真面目な返答などおかまいなしで、フレンドリーに喋りかけてくる脩平。

若干押され気味になりつつも、僕はなんとか会話を続ける。

「や、違うけど。……もしかすると、存在感の薄さが役に立ったのかもね」

少し考えて出てきた台詞は、この上なく情けないものだった。

存在感の薄さもそうだが、客観的な視点も役に立ったのだと思う。石橋を叩いて渡るような生き方を続けているうちに、僕はいつの間にか、物事を俯瞰《ふかん》する癖がついていた。

自分の発言は、動きは、立ち位置は、振る舞いは、客観的に見てどうか。目をつけられそうなことはしていないか。誰かの反感を買う恐れはないか。常にそんなことを考えて、日常生活を送っていた。

そうしているうちに、ありとあらゆる言動が制限され、無難でつまらない人間になってしまった。

「なんだそれ。橋田っておもしれーな」

しかし脩平は、僕の自己評価とは真逆のことを言った。

「そんなことないよ」

僕ほどつまらない人間は、なかなかいないと思うよ。

「そんなことあるだろ」

肯定されればされるほど、否定したくなる。僕は人からそういうふうに評価してもらえるような人間じゃない。

もしかすると、僕がこんなにひねくれた性格になったのは、頭の上に数字が見える、この不思議な体質のせいかもしれない。

あいつは彼女ができたと粋がっているけれど、頭の上に数字はないから、見栄を張っているだけ、もしくは一方的な勘違い。

あいつはよく恋バナをしてそれらしいことを言ってるけれど、実は前の彼氏に一週間でフラれている。

あいつは、大人しそうな顔をして、生涯を共にする人が決まっている。普通の人には見えないものを、僕は見てしまう。だから――。

いや、それはあまりにも勝手な責任転嫁というやつかもしれない。

それから脩平は、ことあるごとに僕に話しかけてくるようになった。いつの間にか下の名前で呼び合うようになり、学校でも一緒に過ごすことが多くなった。

明るくて交友範囲も広い脩平だが、いわゆる〝カースト上位者のノリ〟みたいなものを押し付けてくるわけでもなく、普通に好意的に接してくれるため、僕もだんだんと気を許していった。

脩平はどうやら、僕のことを面白がっているらしい。ここで言う面白がっているというのは、決して馬鹿にしているという意味ではない。自分で言うのは恥ずかしいけれど、一目置《いちもく》いてくれているという感じだ。

僕も脩平のことをリスペクトしている。ただ明るいだけではない。気配りもできるし、優しさも持ち合わせている。

球技大会のときも、僕は、自分のシュートが入らなかったから負けてしまったというネガティブな考え方だったのに対し、脩平はシュートが入れば超すげーというポジティブな考え方だった。

完全に違うタイプだからこそ、お互いのことを面白く感じる。

僕と脩平はそういう関係だった。

結局、二年生でも同じクラスになり、こうして交流が続いている。

天から二物も三物も与えられている脩平に、たまに劣等感を抱くこともあるけれど、そもそも比べることがおこがましいのだという結論に達して、すぐにどうでもよくなる。

そして今。

脩平の頭の上には、6という数字が浮かんでいた。

3

去年の球技大会で脩平と初めて話したときは、頭の上の数字は180くらいだったと記憶している。今の数字から逆算しても間違いない。

そのときは、数字の大きさについては気にしていなかった。爽やかで格好良くて、誰にでも好かれそうなやつだもんな、くらいに思っていたから、むしろ恋人がいるのは納得だった。

球技大会から約半年が経過して、脩平の頭上の数字は、今では6となっている。

6日後、爽やかで格好良くて、誰にでも好かれそうな脩平は恋人と別れる。

「ところで柾人、数学の課題やったか？」

「………」

「柾人ー？」

目の前で手のひらを振られる。

頭の上を見つめていて、ボーっとしてしまっていた。

「え、ああ。ごめん。数学の課題だよね。やったやった」

この時点で、次にくる言葉は予想できていた。

「頼む。見せてくれ」

僕の予想通り、脩平は両手を合わせて言った。

「やってないの？　土日があったのに」

僕は声に非難の色をにじませる。もちろん、本気で怒っているわけではない。

「土曜日は部活の練習試合で、日曜日はまりなと出かけてたんだ」

まりなというのは、脩平が現在交際中で、6日後に別れるはずの女の子、吉見《よしみ》まりなさんのことだ。同じ高校二年生で、脩平と同じ中学出身。近くの女子高に通っている。

三ヶ月くらい前に、僕も吉見さんと一度だけ会ったことはある。いかにも女の子、という感じの、小柄でかわいらしい人だ。

脩平に、俺の彼女、と紹介されてはにかむ吉見さんの姿に、僕は初対面ながら思わずドキッとしてしまったことを覚えている。

爽やかな脩平と、おしとやかな吉見さん。並んで立っているだけで絵になる二人は、学園もののドラマに出てくるような、お似合いのカップルだった。頭の上にも、お揃《そろ》いの数字を浮かべていた。

「そっか。じゃあ仕方ない……なんて言うと思った？　それ、言い訳になってないからね。土曜日は仕方ないとしても、日曜日は遊んでたんでしょ？」

まあ、そういう正直なところも脩平の美点の一つなんだけど。

「とかなんとか言って、最終的には見せてくれるんだろ？」

甘え上手なところも。

「はいはい。ちゃんと次の時間までに返してよ」

頼られるのは嬉しくて、つい貸してしまう。僕に何か損失があるわけでもない。修平の性格上、ただ都合よく利用されているわけでもないだろうし、仮にそうだとしても、別に僕は構わないと思っていた。

「サンキュー！」

と、僕のノートを受け取る。

修平はさっそく、一時間目の世界史の授業の最中に数学の課題を写し始めた。世界史担当のおじいちゃん先生は、淡々と授業を進めるタイプだ。静かにさえしていれば、別のことをしていようと、寝ていようと、注意する素振《そぶ》りは見せない。

黒板にきっちりと書かれた文字たちを見ていたら、眠気が襲い掛かってきた。視界がぼんやりしてきて、クラスメイトたちの頭上に数字が浮かんでくる。

修平以外にも数字が出ている人が何人かいた。十人程度。クラスの二、三割くらいだろうか。

中には20000を超える数字が見える人もいる。まだ十六歳なのに、すでに生涯を共にする相手を見つけているのだと考えると、素直にすごいなと思う。妬《ねた》みなんてわいてこない。そういう人たちと僕とでは、根本的に人間としての完成度が違うのだ。

二時間目の前。修平にノートを返される。

「計算ミスってたとこあったから直しといたぞ」

「マジか。ありがと」

最初から自分でやった方がよかったのでは？　と思いつつ、僕はノートを受け取った。

「あー……ここかぁ。答えが中途半端な分数になるからおかしいなとは思ったんだよね」

　ノートをめくって確認すると、たしかに計算を間違えていた。符号のケアレスミスだ。

「柾人って意外とそそっかしいよな」

「……それは否定できない」

　物事を客観視することはまあまあ得意なくせに、一度そう思い込むと、絶対にそうだと決めつけてしまうようなところがある。思考が柔らかい人が羨ましい。

　それから四日後。

「ういっす」

　いつもより少し早く教室に着き、ボーっと座っていると、脩平が近くまで来ていた。

「ああ。うん」

「どうした、柾人。最近よくぼんやりしてるな。体調でも悪いのか？」

　脩平は心配そうに僕の顔を覗き込む。

「ううん。ちょっと眠いだけ」

　僕は適当に答える。眠いのは嘘ではないけれど、ボーっとしているのは眠さのせいではない。

今日は金曜日。脩平の頭の上の数字は2になっていた。明後日の日曜日に、彼の頭上の数字は0になる。

「……ねえ、脩平」

僕は意を決して口を開く。

「どうした？」

「今から変なこと言うけど、笑わないでくれる？」

「んー……内容による」

相変わらず正直だ。そこは嘘でもうなずいてほしかった。

「最近、何か悩んでることとかない？」

「ふっ」

鼻で笑われた。

「笑わないでって言ったのに……」

「悪い。あまりにも予想外だったもんで」

「で、どうなの？」

「悩んでることか……。あると言えばあるし、ないと言えばない」

僕が追及すると、はっきりしない答えが返ってきた。

「どっちだよ」

「高校生なんて悩みのないやつの方が少ないだろ。そういう意味では、俺だって悩み事の一つや二つくらいある。ただ、誰かに相談するような深刻なものではないってことだ」

「本当に？」

「本当だって。どうしたんだよ、いきなり。柾人の方こそ、何か悩みでもあんのか？」

二日後、吉見さんと別れる脩平のことが心配なんだ。

「いや、ないよ」

もちろん、口に出して言わないけどね。

「なんだ。ねぇのかよ。つまんねーな」

「悪かったね。つまらない人間で」

「つまらない人間とは言ってねーよ。でもたしかに、柾人は悩みとかなさそうだよな」

「気楽な人間ってこと？」

「そうじゃない。お前は頭がいいから、悩んでどうにかなることだったら悩み抜いて解決しそうだし、悩んでもどうにもならないことだったらすぐに悩むのをやめそうだなって。そういう、柾人の合理的なところ、すげーって思ってる」

「別に、頭良くなんてないよ。僕だって――」

どうしようもないのに悩んでることくらいある。

続きを言おうとしたタイミングでチャイムが鳴って。

「っと。もうこんな時間か」

脩平は慌てて机の中から教科書を探し始める。

僕たちの会話はそこで終わった。

結局、脩平が吉見さんとの関係で悩んでいるかどうかはわからずじまいだった。

仮に悩んでいたところで、恋愛相談なんて器用なこと、僕にできるわけがないし、

今さら二人の関係に僕が首を突っ込んだところでどうにかなるわけでもないだろう。

本人たちだけの問題だし、僕の脩平に対する心配は、ただの自己満足にすぎない。

でも――僕は脩平に悲しんでほしくないと思っている。

脩平は僕の大切な、数少ない友人だから。

4

昼休み。僕は机に突っ伏して目を閉じていた。色々と考えすぎて疲れてしまっていた。

頭の中を空っぽにしようと努めていると、

――高校生なんて悩みのないやつの方が少ないだろ。

先ほどの脩平の言葉が脳内でリフレインする。

高校生の悩みの最たるものといえば、恋愛に関することだ。

教室。放課後。中庭。夏休み。下駄箱。恋の話は、至るところで咲いている。

さっき脩平は、僕には悩みがなさそうだと言っていたが、決してそんなことはない。

視線を斜め前方向に向ける。そこには、昼食を食べながら友人たちと楽しそうに喋る七里さんの姿があった。

顔立ちは少し幼くて、ショートボブがよく似合う。いつもふんわりと微笑《ほほえ》んでいて、汚い言葉を使ったり、声を荒げて怒ったりするところを見たことがない。とても安心感のある素敵な人だと思う。

そして彼女は、ただの素敵な女の子ではない。考え方が人とちょっとだけ変わっているのだ。少し変、と言ってしまえばそれまでなのだけど、そんなところも含めて、僕は彼女のことが好きだった。

ちなみに今のところ、彼女の頭の上に数字は見えていない。

そういえば、今日はまだ確認していなかったな、と思い、斜め前の彼女の方を見ると――。

目が合って――微笑まれた。

いや、別に……。なんでもないよ。ちょっと時間を確認してただけ。

心の中で言い訳しながら、僕は彼女から視線を外して、黒板の上にある時計の方を見た。

ふーん。変なの。とでも言いたげに、七里さんも顔をそむけた。その頭上に数字はなく、僕は安堵《あんど》した。

彼女は友人たちとのお喋りに戻る。

僕は七里さんのことが好きで、七里さんも、僕のことを悪くは思っていないはずだ。

まあ、悪くは思っていないというのは、言葉通り、そのまんまの意味なんだけど……。

さっき、僕が七里さんの方を見たときに目が合ったということは、もしかして七里さんも僕の方を見ていたのかもしれない。なんて妄想をちょっとだけしてから、すぐに打ち消す。

淡い期待なんて、するだけ虚しくなるのだということを、僕は理解していた。

僕が七里さんと出会ったのは、去年の春だ。

今思い返してみれば、あれは一目ぼれというやつだったのかもしれない。恋愛経験など皆無だった僕は、彼女への気持ちを自覚するまでに数ヶ月を要したけれど。

それから長い時間をかけて、たまに話すまあまあ仲の良い男子というポジションを手に入れていた。だから、急に目が合ったときだって、不審がられはしても、不快に思われることはない。我ながら思考が気持ち悪いな、と思う。

付き合いたいという気持ちがまったくないと言えば、それは嘘になる。

でも、告白したりとかデートに誘ったりとか、気持ちを行動に移す勇気もなかった。

僕みたいな、たいした長所のない人間と、七里さんのような素敵な人間が釣り合うわけがない。

だから、この恋の結末はすでに決まっていた。

どこにでもあるような、想いすらも告げられなかった臆病な恋として、僕の心の奥にしまい込まれるのだ。

脩平の言葉を借りるとするなら、七里さんのことは、〝悩んでもどうにもならないこと〟だった。

この恋に関して、僕が悩むことなど何一つない。だから悩むことなんてやめてしまえばいい。それが合理的で効率的な判断だ。

けれど——悩むのをやめたところで、僕が七里さんに抱く気持ちまで消えてなくなるわけではない。

どうして、恋というやつは、こんなにもままならないのだろう。

「昼、食べねーの？」

僕が感傷に浸っていると、脩平が話しかけてきた。左手に持った大きな弁当箱は、すでに半分近くが空になっている。

「食べるよ」

僕はスクールバッグからおにぎりを取り出す。

「なんか食欲なさそうだな。俺が代わりに食べてやろうか？」

「ちゃんと食べるって。ってか、二時間目の休み時間にもパン食べてなかった？」

「パンの袋に貼ってあるシール集めると、お皿がもらえるんだよ」

答えになってない。でも、高校生の運動部の男子はみんなこんな感じなのだろう。

「そうだ。もうすぐゴールデンウィークも始まるし、まりなと二人でちょっと遠くまで旅行しようかなって思ってんだけど、どこがいいと思う？」

脩平は僕に尋ねる。嬉しそうな表情だ。今の脩平からは、恋人と別れる気配なんて微塵《みじん》もない。だからきっと、別れを切り出すのは吉見さんの方なのだろう。

「う〜ん。家族以外と旅行とか行ったことないからよくわかんないけど、京都とかいいんじゃない？　定番だし」

普段だったらちゃんと考えるところだが、今は適当で無難な答えしか返せない。二日後に別れる脩平には、そんな未来はやってこないのだから。

「京都か〜。いいかもしんねえけど、中学のときの修学旅行で行ったからな〜。なんなら来年も行くし」

「あー。たしかにね。っていうかそもそも、高校生だけで旅行って、結構ハードル高くない？　親の許可とか。それに、連休直前だと泊まるとこって予約いっぱいになってそうな気がする」

僕は必死に言葉を選ぶ。旅行に対する楽しみな気持ちを、脩平から少しでも削げるように。楽しみにしていた分だけ、受けるショックも大きいと思うから。

「まあな。ただ、来年は受験もあるし、行くとしたら今年なんだよな……」

脩平が傷つかないためには、どんな言葉を選べばいいのだろう。不器用な僕は、さっぱりわからなかった。

ゴールデンウィークにどこに行けばいいかを相談された時点で、のろけないでよ、と言って会話の方向を変えればよかったのかもしれないが、僕にそれができる反射神経はなかった。

「うん……そうだね……」

それだけ言って、僕は黙る。

脩平はきっと、誰にも、何にも影響されることなく、吉見さんと一緒にいる未来が楽しみで。それは僕が何かを言ったところで変わることなんてないのだろう。今も、普段はあまり見せないような、幸せそうな表情をしている。

目の前にいる僕よりも、その場にいない吉見さんの方が、脩平の中では大きいのだとわかる。それは当たり前のことなのだけれど、そんな些細《ささい》なことですら、僕は劣等感を感じてしまう。

「柾人も彼女作ればいいのに」

脩平は、僕の沈黙と視線を羨望と勘違いしたのか、そんなことを言った。

「何言ってるの？　僕に彼女なんて、できるわけないじゃん」

僕は即答する。決して謙遜でもなんでもなく、本心を述べただけだった。一瞬、七里さんの顔が浮かんだことに、気づかないふりをして。

誰かと特別な関係になるためには、色々なものが求められる。きっと、僕が思っている以上に。

なんの努力もしていない人が、リア充爆発しろなどと言ったり、失恋した人間を笑ったりするのは、とてもみっともないことだと思う。

時間をかけて相手のことを理解し、自分のことを理解してもらう。

恋とはそういうものだと聞いたことがある。

時には大胆さが、時には慎重さが必要で、直感で動くことも、じっくり考えることも大切だ。

勇気を出して想いを伝えたり、真剣に相手のことを考えて返事をしたり。

そんな、気の遠くなるような過程を経て、恋人という尊い関係は築かれるのだろう。

一部の不道徳な人たちを除いて、だけど。

つまるところ――恋愛なんてものは、僕には無縁のものだった。

「そんなことないと思うけどな。柾人は自己評価が低いんだよ。柾人の良さをちゃんとわかってくれる人、絶対にいるって」

「やめてよ。そういうこと言われると、脩平のこと、好きになっちゃうから」

「柾人にならいいよ……好かれても……」

僕が冗談で返すと、脩平もわざとらしく上目遣いになってそんなことを言う。

一瞬の沈黙の後、僕たちは同時に吹き出す。

そういうやり取りが打ち合わせなしでできる程度には、僕と脩平は仲が良いのだけれど、僕が密《ひそ》かに七里さんに恋をしていることは、まだ彼にも言えていない。

5

日曜日。脩平が失恋する日がやってきた。

僕はいつもの休日と変わらずに、少し遅く起きて、勉強したり漫画を読んだり、なんとなくインストールしたスマホゲームで時間をつぶしたりしていた。友達の少ない男子高校生の模範的な休日だった。

母はちょっと高めのお菓子を食べながら録《と》り溜めたドラマを観ているし、父は趣味のゴルフに出かけている。有華は今日も朝からバスケ部の練習で不在。

これ以上ないくらいに平和で平凡な日だ。

「あ、柾人ー。暇ならレモンの散歩行ってきてくれない？」

喉が渇いてリビングに降りると、ソファに座った母が僕に言った。ドラマがよっぽど面白いのか、自分で行く気はないらしい。

「はいはい」

僕はコップにお茶を注ぎながら答える。

レモンというのは橘田家で飼われている犬だ。犬種はゴールデンレトリバー。もふもふしていて非常に愛らしい。

薄めの上着を羽織り、ビニール袋を何枚かポケットに入れて玄関を出ると、寝そべっていたレモンが、ゥワン！　と鳴いて起き上がった。ハッハッハッと舌を出しながら、嬉しそうに尻尾をバタバタ振る。

僕の姿を見て、散歩に連れて行ってもらえることを察したらしい。賢い犬だな、とレモンの頭をわしゃわしゃモフモフする。それだけでストレスの九割は飛んでいく。

有華が小学三生のときにどうしても飼いたいと言い、しっかり世話をすることを条件に飼い始めたのがレモンだ。

しかし、レモンの世話は案の定、母と僕の仕事になっている。まあ、可愛いからいいんだけど。

僕はレモンにつながれたリードを持ち、近所を適当に歩く。ご機嫌なレモンは、グイグイと前へ進み、僕を引っ張っていく。

十字路で立ち止まったレモンが振り返った。次はどっちに行こうか？　というような期待の眼差しでこちらを見る。決まったコースを歩く母と違い、僕は毎回、気分でコースを変えていた。

帰り道が大変にならない程度に遠くまで歩いて、来た道とはまた別のコースを通って家に戻る。

傾いた陽ざしを受けながら、僕は脩平のことを考える。

今ごろ、悲しみに暮れているかもしれない。そう思うと、僕まで胸が痛くなってきた。

もちろん恋人と別れる体験なんてしたことはないけれど、脩平は吉見さんのことがとても好きで、すごく大事にしているということは知っている。

好きであればあるほど、失恋の痛みは強くなる。

どうしてそんなリスクを背負ってまで、人間は恋をしてしまうのだろう。

きっと、恋は理屈じゃないのだ。

屈託のない七里さんの笑顔が、自然と脳裏をよぎって、胸がキュッと軋《きし》んだ。

レモンの散歩から帰宅し、夕食とお風呂を済ませて、数学の課題に取り掛かる。

集中力が切れたタイミングでふと時計を見ると、短針は十を指していた。さすがにもう別れ話は済んだはずだ。

あの脩平がフラれたくらいで死のうとするなんて思わないけれど、落ち込んでいるだろうとは思う。

心配になり、僕は連絡をすることにした。

普段から何気ないやり取りはしているとはいっても、いきなりなんの脈絡もなくメッセージを送るのは不審がられるかもしれない。

スマホの画面を見つめながらじっと考える。

数分後、散歩のときに撮影したレモンの画像を添付して【今日も愛くるしい】の一文と共に送りつけた。

脩平はレモンが大好きで、何度か一緒に散歩に出かけたこともある。

すぐに既読マークがつき【今度モフらせろ！】と返信がきた。どうやら生きてはいるらしい。ひと安心だ。

翌日の月曜日。教室に入って脩平の頭の上を確認すると、やはり数字が見えなくなっていた。

脩平の学校での様子は、いつも通りなように見えて、やはりどこかおかしかった。ボーっとしていることが多い。少し前の僕みたいに。

昼休み。いつもは元気な脩平が、机に突っ伏している。

「脩平、何かあった？」

僕が声をかけると、彼は頭だけこちらに向けて、

「……柾人って、意外と鋭いよな」

沈んだような声で言った。

「意外とは余計だよ」

まあ、僕に恋人と別れるまでの日数が見える不思議な力なんてなければ、今日は疲れてるんだな……くらいで終わっていただろうけれど。

「……昨日、まりなにフラれたんだ」

太陽みたいな明るい脩平に似つかわしくない、弱々しい声だった。

「…………」

計画性のなかった僕は、脩平が別れたことを初めて知ったリアクションをとらなくてはいけないことに気づき、狼狽する。

どんな反応をすればいいのだろう。驚くのが一番なのだろうが、演技力に特に定評のない僕だと、大げさになってしまうかもしれない。

結局、黙ったまま脩平の次の言葉を待った。怪しまれてしまうだろうか。

しかし幸運なことに、脩平は、僕の沈黙を吉見さんとの破局に対する驚きと解釈したらしく、補足説明を入れてくれる。

「最近、ちょっとまりなの様子がおかしいなとは思ってたんだけど、俺は気にしないふりして、無理やり明るく振る舞ってた。でも昨日、ついにそういう話になっちゃってさ……」

「そう……なんだ」

失恋した友人にかけるべき言葉など、僕は何一つとして知らなかった。

それはつらかったね、も、もっといい人がいるよ、も違う気がする。

脩平のつらさなんて本当の意味では理解できないし、もっといい人がいるかどうかなんてわかるわけがない。

一緒に心を痛めることくらいならできるけど、本人が一番苦しいことはわかっている。

僕は、どうしようもなく無力だった。

「その場では笑顔で、お互い幸せになろうな、なんて言ったけど、本当はかなりきついんだよなー」

わざと軽い口調で話す脩平の姿に、僕まで胸が苦しくなった。

別れを切り出した相手の負担を軽くするため、色々な気持ちを心の奥にしまいこんで笑顔を作る脩平の姿が、簡単に想像できる。

僕の親友はそういう人間だった。

「話くらいなら聞くよ。本当に聞くだけだけど」

「柾人に話すくらいならレモンに話すわ」

「ふっ……」

「何笑ってんだ」

「だって。ゴールデンレトリバーに弱音を吐く男子高校生って……シュールすぎるでしょ。想像したら笑えてきて」

「はは……たしかにウケるな。動画撮ってネットで公開してもいいぞ」

「メンタル鬼強《おにつよ》かよ」

「ちゃんと広告つけろよ。収入は半分もらうからな」

脩平の強がりではない楽しそうな笑顔を見ることができて安心する。

そして同時に、僕は理解した。

恋愛はやはり難しい。

脩平でも上手くいかないことがあるのだ。格好良くて優しくて、スポーツもできる男ですら、失恋して落ち込むことがある。

僕は教室の前方に視線を向ける。

七里さんは、楽しそうに友人とのお喋りに興じていた。

一方的に好きでいるだけの恋は、たまにつらくなるけれど。

臆病でひねくれていて、人間として大切な何かが欠けている僕には、この片想いは、これ以上ないくらいにお似合いだった。

第2章　その恋はひっそりと静かに咲いていた。

1

僕が七里さんと初めて話したのは、高校一年生の春の終わりのころだった。
運命的と現実的の、ちょうど真ん中くらいの出会い方だったように思う。

美化委員会に所属していた僕は、毎週水曜日の放課後、花壇に水やりをしていて、その日もいつもと同じように、委員会の仕事をこなしていた。

紫桜高校の校舎は四階建てになっている。北側の特別教室棟の四階は、三階までよりも教室の数が少なく、その分、西側の端が三階の屋根を床としたルーフバルコニーのような造りになっている。

僕はこの場所を、屋上庭園と呼んでいる。屋上ではないし、庭園というほどゴージャスな空間ではないけれど。

特別教室棟の四階にある教室は、現在は授業でもまったく使われていないため、生徒が立ち入ることはほとんどない。したがって、その場所を知っているのはほんの一部の人だけだ。

開放感のある穴場的なスポットで、春や秋なんかは、昼休みに数人の生徒が昼食を食べに訪れる。

周囲には校舎よりも高い建物はなく、見晴らしもいい。

そんな空間の外側をなぞるように、色とりどりの花が咲く花壇が並んでいる。その花壇に水をやるのが、美化委員の仕事だ。

楽そうだからという消極的な理由で美化委員になった僕は、植物に対して、特になんの感情も持っていなかった。だから、水やりはただの作業でしかなかった。

かといって、サボって枯らしてしまったら罪悪感にさいなまれるであろうことが容易に想像できるので、僕は決まった曜日に、素直に仕事をしている。

そのときも、じょうろから放出される水の音を聞きながら、ピンクや黄色の春の花たちだけをボーっと眺めていた。それ以外の周囲の音と景色は、僕の意識の外にあった。

だから、近くに人が来たことに気づくこともなく――。

「あの、すみません」

斜め後ろから女子生徒に声をかけられて、僕は少し驚いた。

その女子生徒が七里さんだった。そのときは名前も学年も知らなかったけれど。

「はい。ええと……何か用ですか？」

僕はじょうろを置きながら、彼女の方を向いて答える。僕の記憶が正しければ初対面だ。学年がわからなかったため、一応敬語を使うことにした。

髪は首元で内側にカールしている。はっきりした目鼻立ちだったけど、美人というよりは、愛嬌のある顔立ちという感じだった。そんな彼女は、僕に顔をずいと近づけて、小声で言った。

「ちょっと、匿《かくま》ってもらえませんか？」

何を言っているのだろう。

よく見ると、呼吸が荒くて頬《ほお》が赤い。急いで走ってきたのかもしれない。悪い人に追われているのだろうか、と一瞬思ったけれど、ここはごく普通の県立高校だ。それに、どこか楽しそうにもしている。

「えっと……どうして、ですか？」

どう対処すればいいのかわからず、僕は問いかける。

すると、予想をはるかに超える答えが返ってきた。

「今、かくれんぼをしているんです」

微《かす》かに恥じらいをにじませた満面の笑みを、その女の子は僕に向けた。

「は？」

かくれんぼ？　女子高校生が？　学校で？

事態を受け入れ切れていない僕には構うことなく、彼女は言葉を重ねる。

「あ！　あの、その部屋、ちょっと貸してもらってもいいですか？」

彼女が人差し指で示した〝その部屋〟というのは、ガーデニング用品の置かれている倉庫である。

倉庫の扉の上部には『園芸部』というプレートがあった。昔は園芸部が存在していて、今は倉庫になってしまったこの部屋を部室として使っていたようだ。当時は、花壇への水やりも美化委員の仕事ではなかったのだろう。

その名残からか、多種多様な園芸用品が大量にしまわれている。そこそこ広く、大きなスコップや、袋に入った土、肥料。人が二、三人乗れそうな大きさの台車もある。

「まあ。別にいいですけど……」

と、僕は彼女を匿うことを了承した。

断る理由もなかったし、何より、彼女のあの無邪気な笑顔を見せられたら、普通の男子だったら断れなくなってしまうと思う。

「ありがとうございます！」

彼女は、パァ、という効果音が聞こえるんじゃないかってくらいに眩しく笑った。

向日葵《ひまわり》みたいな笑顔だと思った。

「あ、そうだ。もし隠れるんなら――」

もしかすると役に立つかもしれないと思い、倉庫に入っていこうとする彼女の背中に声をかけ、微力な助言を付け足した。

そんないきさつで、僕と彼女は共犯者になった。

「橘田」

ちょっとおかしな女の子を匿うことになってから二分ほどが過ぎて、花壇への水やりを終え、じょうろを片付けようとしていると、同じクラスの女子に声をかけられた。

「どうしたの、小野屋《おのや》さん」

小野屋佳月《かづき》。このときは知らなかったけれど、七里さんと同じ中学校出身で、彼女と一番仲の良い友人だ。

切れ長の涼しげな目が印象的で、シャープな輪郭にショートヘアがよく似合っている。見た目通りのサバサバした性格。このときも、ほとんど話したことのなかった僕に、物怖じせずに話しかけてきた。

「七里梓帆、見なかった？」

「誰、それ」

言いながら、僕はさっきの女の子のことだろうと見当をつける。それが顔に出ないように気をつけながら。

「んー、なんか、こう、可愛《かわい》くて、頭のネジが三本ほど外れかけてる感じの、ちょっとおかしい子なんだけど……」

頭のネジが外れているかどうかなんて、見た目じゃわからないと思う。でもたしかに、ちょっと外れかけていたかもしれないな、と失礼なことを考えた。

「ん～、見てないけど。どうして探してるの？　何か用事？」

匿ってほしいと言われて了承したからには、最後まで責務をまっとうする。人とのコミュニケーションを避けて生きてきた僕は、無表情でいることには慣れていた。それでもちょっと笑いそうになってしまう。

「まあ……ちょっとね」

小野屋さんは口ごもった。校内でかくれんぼしている、なんて言ったら笑われると思ったのだろう。僕はすでに知ってるけど。

「お、ここどかに隠れてる可能性もあるな」

小野屋さんはそう言いながら、倉庫の方へ歩いて行く。

「隠れてるって？」

「や、なんでもない。ちょっと、中を探させてもらっていい？」

「別にいいけど、誰もいないよ。ってか、さっきから何してるの？」

少しわざとらしさが出てしまっていたような気もするが、小野屋さんは気づいていないようだった。

「えーっと……笑うなよ？」

歯切れが悪そうに、小野屋さんが言う。

「うん」

「実は今、校内でかくれんぼをしてて……」

「ふっ」

「あっ、橘田今鼻で笑ったろ！」

「だって、かくれんぼって」

演技ではなく、僕は吹き出してしまった。普段は割と真面目な方である小野屋さんの口から聞くと、改めて笑える。

「とにかく探させてもらうからな！」

小野屋さんは恥ずかしさを隠すように大きめの声を出すと、倉庫の中を探し始めた。

「うん。別にいいけど」

と、言いながら、僕はニヤけそうになる顔を必死で抑える。

「いないな。こっちの方じゃないのか……」

三十秒ほど経って、小野屋さんが倉庫から出てきた。

「だから言ってるでしょ。誰もいないって」

「ああ、橘田。サンキューな」

梓帆のやつ、どこ行きやがった。あと一人なのに。などとぶつぶつ呟《つぶや》きながら、小野屋さんはどこかへ歩いて行った。

2

小野屋さんがいなくなってから二十秒ほどが経った。

そろそろ大丈夫だろう。

「もう行ったよ・・・・・・・・」

と、僕は倉庫の屋根に向かって呼びかける。

「あー、助かったー」

と、七里さんの声が返ってくる。

七里さんは倉庫の中ではなく、倉庫の上に隠れていたのだ。小野屋さんが見つけられなかったのは当然である。

倉庫の上も物置になっていて、使われなくなった小さなプランターがたくさん置かれている。

倉庫の脇にははしごがかかっていて、七里さんはゆっくりと降りると僕の近くまでやって来た。

「ありがとうございました。えーっと……」

「ああ、橘田柾人。一年生です」

下の名前まで名乗らなくてもよかったのではないか、と気づいてから、少し恥ずかしくなる。

「いやぁ。橘田くんのおかげで無事に逃げ切れたよ」

僕が同級生だと判明したからか、七里さんは敬語ではなくなっていた。

「うん。それはよかった」

嬉しそうで誇らしげな七里さんに、思わず拍手を送りそうになってしまう。校内でかくれんぼというのも楽しそうだな、などと少し思ってしまった。

「それにしても、すっごい眺めだった。うちの高校、こんな素敵な場所があるんだね」

倉庫の屋根には、僕も何度か上ったことがあった。

放課後のこの時間帯は、淡い夕焼けが綺麗《きれい》に見える。それに、周りに遮るものが何もない。

教室棟に屋上はあるが、基本的に生徒は立ち入り禁止なので、実質この倉庫の屋根が、紫桜高校においては最も眺めの良い場所であると思われる。

「ちょっと危ないけどね」

屋根の周囲には柵はなく、二十センチくらいの高さの縁があるだけ。もし落ちればそのまま地面だ。打ち所が悪ければ死ぬだろう。

「もし夜に上《のぼ》ったら、星が綺麗に見えそうだよね」

つい、調子に乗って会話を続けてしまう。七里さんの人懐っこい笑顔がそうさせるのだろう。

「うん。そんな気がする」

「まあ、夜まで学校にいることはないし、残念ながら見る機会なんてないんだろうけど」

「そうだね。でも、見たくなったらこっそり侵入しちゃうかも」

「怒られるよ」

「あはは。冗談だって」

今日初めて会ったのに、彼女ならやりかねないと思ってしまった。

だけどたしかに、遮るものが何もない場所から見上げる夜空は、きっと綺麗だと思う。

「橋田くん、星、好きなの？」

僕が星に思いを馳《は》せているのを感じたのか、七里さんはそう尋ねた。

「人よりは」

僕はそう答える。

星が好きな気持ちは他の人よりも上、なのか、人間と星を比べた場合、星の方が好き、なのかわからないな、と思ったけれど、両方とも間違っていないからいいか。

「ふーん」

七里さんは、どちらの意味として受け取ったのかよくわからない反応をした。

「っていうか、佳月と知り合いだったんだね」

話題が変わる。小野屋さんは今ごろ、必死で七里さんを探しているだろうか。そう考えておかしくなってくる。

「うん。一応、同じクラス」

「そうなんだ。佳月ったら、私のこと可愛いって言ってたね。ふふふ」

「ネジが外れかけてるとも言ってたけど」

都合の悪い内容は聞かなかったことにしているタイプの女の子なのかもしれない。

「まあ、そんなわけで、本当にありがとうございました。おかげさまで勝てそうです」

七里さんは、ペコリ、とお辞儀をする。

「いえいえ。お役に立ててよかったです」

僕も同じように頭を下げた。

「それにしても、橘田くん、演技上手すぎでしょ」

「そうかな」

むしろ下手すぎてバレないか心配だった。必死で上の方を見ないようにもしていたし。

「だって、私たちがかくれんぼしてるって知ってるのに、あの吹き出してたところ、すっごいリアルだったから」

「あれは別に演技じゃないよ。何度聞いてもやっぱりおかしくって。おかげで自然に笑えた。校内でかくれんぼって。すごく楽しそうだけどね」

「あれ、もしかして私たち、ディスられてる？」

本来は親戚の小さな子どもに向けられるような僕の視線を感じたのか、七里さんは不満そうに唇を尖らせた。

「いや、別にそんなつもりはないけど。でも、どうしてかくれんぼなんてしてるの？」

「よくぞ聞いてくれました。放課後のマンネリ化を防ぐためであります！」

「はぁ」

放課後のマンネリ化ってなんだ？

「放課後を同じメンバーで過ごしてると、似たような展開になりがちでしょ」

「まあ。そうなのかもしれない」

放課後を過ごすような友人なんて僕にはいない、などという自虐を披露してもよかったのだが、さすがに初対面のため控えておく。

「今日もいつものファミレスに行く流れになってたのね。で、たまには違うことしようよ、って私が提案したんだけど、誰からも案が出なかったの。最終的に、佳月に『言い出しっぺのあんたが考えなさいよ』って言われて」

「それで、校内でかくれんぼ？」

「うん」

「ふっ」

「あ、また鼻で笑った！」

「いや。だって……」

「まあ。別にいいけど。さて、あんまり長くここにいても私の圧勝で終わっちゃいそうだから、そろそろ他の場所に行こうかな」

「誰にも見つけてもらえないのは寂しいしね」

「うん。そうだね。ちゃんと誰かに見つけてもらわなきゃ。じゃ、またね。橘田くん」

笑顔で軽く手を挙げると、七里さんは去って行った。

この日、七里梓帆というちょっとおかしな女の子は、僕の心に、しっかりと印象的に焼き付いてしまった。

それから、校内で七里さんを見かけるたび、僕の目は彼女を無意識に追っていた。たまに話をすることもあった。七里さんは気軽に声をかけてくれる。そのうち、僕も話しかけることができるようになっていた。

屋上庭園でも、たまに会うことがあった。どうやら、一人になれる場所として気に入ったようだった。

いつもたくさんの友達に囲まれているイメージがあったけれど、一人になりたいときもあるらしい。新しい一面を知ることができて嬉しかった。

僕が彼女に抱いた、変な人だな、という第一印象は間違っていなかったようで、よく笑わせてもらっていた。

知り合って半年くらいは、恋愛的な感情を自覚してはいなかった。

僕が七里さんのことを好きかもしれないと思ったのは、それからだいたい半年後、一年生の冬のある日だった。

3

二学期の終業式が終わって、明日から冬休みとなる。二週間という短い間であるにもかかわらず、それなりの量の課題が出されていて、あまり休みという感じはしない。自称進学校だから仕方ないのだが。

「じゃ、俺は部活だから。良いお年を」

「うん。良いお年を」

脩平は、部活用の着替えなどが入っているであろう大きめのバッグを持って教室を出て行った。この年の秋の球技大会を通じて、僕は脩平とよく話すようになっていた。

部活動に所属していない僕は、ゆっくりと荷物をスクールバッグに詰めていく。

さっそく大勢で遊びに行くらしいクラスメイトたちに声をかけられることなく、僕は教室を出た。

みんなで遊びに行くんならちゃんと全員に呼びかけないと、みたいな、おめでたいのかなんなのかよくわからない思考の親切なクラスメイトに誘われてもどうすればいいかわからないので、気配をなるべく薄くしていた。

一人寂しく廊下を歩き、昇降口へと向かった。長期休暇が始まるからか、いつもより賑やかな空気が教室から漏れ出ている。

「あれ。橘田くんだ」

靴を履き替えて外に出ると、七里さんが声をかけてきた。

「なっ、七里さん！」

突然のことだったので、声が裏返った。恥ずかしい。

「あはは。驚きすぎ」

「いや。ボーっとしてたから、ちょっと驚いちゃって」

そもそも人間関係が希薄な僕は、突然声をかけられるということに慣れていないわけで。

「今から帰り？」

「うん。七里さんは？」

「私も今から帰るとこ」

そのまま、なんとなく二人で駅まで歩くことになった。彼女がいたこともなければ、友達と呼べるような女子もいない僕にとって、女の子と二人で並んで歩くなんてのは、一大事以外の何ものでもなかった。

思えば、このときすでに、僕は七里さんに対して好意を抱いていたのだろう。そのことにはまだ気がついていなかっただけで。

「今日は小野屋さんたちは一緒じゃないの？」

黙って歩いているのも気まずいので、なけなしの社交性を総動員してコミュニケーションを図ろうと試みる。我ながら、可もなく不可もなく、無難な話題だと思う。

「佳月たちなら、バッティングセンター行ってるよ」

「ふぅん。七里さんは一緒に行かないの？」

思ったことをそのまま口にしてから、踏み込みすぎてしまったかもしれないと気づく。

女子と二人で並んで歩いている。紛れもなく非常事態だった。そのせいで、考えてから発言する、という基本的なことができなくなっていた。

一般的に、女子同士の付き合いはとても面倒くさいと言われている。グループ内に不文律みたいなものが存在して、それを破るとハブられる。そういったイメージがあった。

もし今の七里さんがそういう状態にあるとするなら、今の僕の発言は完全にキングオブ無神経だ。そんな僕の心配は、次の七里さんの言葉で杞憂《きゆう》に終わる。

「私、運動神経が壊滅的に終わってるんだよね。どれくらい壊滅的かっていうと、賞味期限が二週間過ぎた牛乳くらいに。ってわけで、せっかくの楽しいひと時を盛り下げちゃうし、ボール当たったら痛そうだからパスしてきた」

「へぇ。そ――」

そんなことないんじゃない？　と言いかけて、今度は無事に飲み込む。

体育の授業で走っている七里さんを、教室の窓から見ていたことがある。綺麗なフォームで走る七里さんは、運動神経が悪いようには見えなかった。それとも、身体能力は高いが球技が苦手というタイプなのだろうか。

「――そうなんだ。それは壊滅的だね」

七里さんのことを遠くから一方的に見ていたことを本人に知られるわけにはいかな

いので、納得したふうに僕は答えた。

「そうなのです。ところで、橘田くんは冬休み、何か予定とかあるの？」

七里さんが話題を変える。

「何もないよ」

ただの雑談なのに、緊張して声が震える。何か変なことを口走ってしまわないかと不安になりながら、僕は言葉を発していく。

「ないんだ」

「うん。残念ながらね。七里さんは？」

「私も特にないんだよね～」

「そっか」

じゃあ、どこか遊びに行かない？　などと付け足すような度胸は微塵も持ち合わせていない。

あれ。どうしてそんなことを思うのだろう。僕は七里さんと一緒に遊びに行きたいのだろうか。仲良くなりたいことはたしかだけど……。

「そーなの。友達はみんなクリスマスに彼氏とデートなんだってさ。イルミネーション見に行ったり、ケーキ食べたりするんだって」

七里さんがうらやましそうに言う。浮上した疑問はいったん置いておこう。

「へぇ」

クリスマスか。そんなイベントもあったな。僕には縁がないけれど。夕飯に揚げた鶏肉が出るくらいだ。

「七里さんは、彼氏とかいないの？」

口に出してから、またやってしまった、と思った。

中年の上司が若い女性社員に言って気持ち悪がられる台詞《せりふ》じゃないか。どれだけ焦っても、滑り出た言葉は取り消せない。

慎重に言葉を選んでいるつもりだったのに、つい流れで聞いてしまった。そもそも、その質問の答えはすでにわかっている。七里さんの頭上に数字は出ていない。

数学が苦手な人が計算ミスを多くするように、コミュニケーションが苦手な僕は、距離感を何度も間違えてしまう。

いや、でも……デートとか彼氏とか、先にそういう話題を出したのは七里さんの方で。さっきの会話は自然な流れだったはずだ。僕は何も悪くない、と自分の発言を正当化しようとするが、どう感じるかは彼女次第だ。

ところが、僕の心配はまたしても杞憂だったらしく、彼女は笑って言った。

「残念ながらいませ～ん。橋田くんと同じく独身です～」

「独身はみんなそうでしょ」

「たしかに！」

　あははっ、と爽やかに笑い声を上げる七里さん。

　変な雰囲気にもならずに済んだ。

「というか、どうして僕も独り身だって決めつけるの？」

「え？　違うの？」

　違わないでしょ？　と七里さんの表情が言っていた。失礼な人だな、と少し思ったけれど、なぜか嫌ではなかった。

「違わないけど」

「ほら〜。ってわけで、私は今年もぼっちクリスマスです」

　七里さんは嬉しそうに笑った。

「でもさ、そもそも、クリスマスだから恋人と何かをするっていう風潮がおかしいんじゃないかな。今年の十二月二十五日はただの平日だし。僕はキリスト教徒じゃないし」

「それ、よく恋人がいない言い訳に使われるやつじゃん」

　僕の熱弁は虚しくぶった切られる。

「七里さんも使っていいよ」

「別に橘田くんがオリジナルなわけじゃないでしょ。使うけど」

「使うんだ」

すごい。テンポよく会話ができている。普段はバタ足しかできないのに、バタフライができてしまった人の気分は、きっとこんな感じなのだろう。……そんなやついないか。

「みんな、彼氏欲しいーとか、恋したいーとか、女子高生らしいこと言ってるし、それで実際に恋愛してたりもするけど、私はそういうのがいまいちわからないんだよね」

七里さんの声が、ちょっとだけ真面目なトーンに変わる。

4

「恋愛には興味がないってこと？」

彼女の方から恋愛系の話題に戻した以上、このくらいの質問はセーフだろう。

「別に、そういうわけではないんだけど。うーん、順番が逆というか……」

「順番？」

「恋人がほしいから、人を好きになる。恋がしたいから、人を好きになる。それってなんか違くない？　もちろん、私の周りの人たちみんながそう思ってるってわけじゃないんだけど、違和感というか、モヤっとするというか……」

七里さんは眉間《みけん》にしわを作って、もどかしそうに言葉を選んで紡ぐ。

「つまり――人を好きになるのが恋で、好きだから恋人になってほしい、っていうのが自然なんじゃないかなって。……あ、ごめんね。いきなり変なこと言っちゃって」

いつもよりもよく喋る七里さんに、僕は圧倒されていた。

「うん。大丈夫。言いたいことはわかるから。いつもと違って」

「よかった。……って、いつもと違ってってどういうこと⁉」

「あはは。冗談だよ。で、七里さんは、好きな人はいるの？」

二度あることは三度ある。慣れない冗談は言うものじゃない。また踏み込みすぎてしまった。十七年間で培った学習能力はどこへいったのだろう。

僕のそんな無遠慮《ぶえんりょ》な質問に七里さんは、

「――秘密」

それだけ言って、不敵な笑みを見せた。

僕はその笑顔を見て。

心の奥の方が、どうしてか、くすぐったく感じた。

「秘密って……」

「あ、じゃあ、私こっちだから。良いお年を」

「ああ、うん。良いお年を」

いつの間にか駅に着いていた僕たちは、定期券をかざして改札をくぐる。僕と七里さんの家は逆方向で、電車も別々だった。

ばいばい、と笑顔で手を振る七里さんに、僕は控えめに手を振り返す。

ただそれだけの動作で、心が温かくなった。

七里さんと駅まで並んで歩いたあと。

ホームで電車を待ちながら、僕は考える。

七里さんともっと仲良くなりたい。そう思うのはどうしてなのだろう。

それに、

——秘密。

好きな人はいないのか、という僕の質問に、七里さんはそう答えた。

そのことがなんだかモヤモヤする。

残念ながら、僕がわかるのは恋人の有無と、恋人と別れるまでの日数だけだ。好きな人がいるかどうかは知ることができない。

でも、好きな人がいなければ、普通に否定するのではないか。

つまり、秘密、という七里さんの答えは肯定を意味していて……。

いや。七里さんのことだ。話の流れで適当に答えた可能性も十分に考えられる。

帰りの電車の中で、ふと、七里さんがクリスマスに誰か別の男子と一緒にいるのは嫌だな、と思った。

とてもありきたりでつまらないきっかけだけど、僕はそのとき、七里さんのことが一人の女性として好きだということを理解した。

好きな人がいるかどうかという、自然と口から滑り出た僕の質問。あれも、七里さんのことが異性として気になっている証拠なのだろう。

七里さんに恋をしていることがわかった。

でも、僕は何も行動を起こさなかった。

人を好きになるのが恋で、好きだから恋人になってほしい。

七里さんはそんなことを言っていたけれど、僕の場合は少し違う。

人を好きになるのが恋で、好きだけど恋人にはなれそうもない。

ただ単に、僕は七里さんのことが好きで、そこで終わりだった。その先を考えることができなかった。僕の恋の行く末は行き止まりで、目の前の壁を壊す勇気も、迂回《うかい》路《ろ》を選ぶ機転も、僕は持ち合わせていなかった。

恋愛に関して何もわからなかったからというのもあったし、僕が七里さんみたいな素敵な女の子と釣り合うわけがないという、諦めみたいなものもあった。

だから僕は、気持ちを自覚したあとも、七里さんとはそれまでと同じように接した。

同じように接しているつもりだったけれど、もしかすると、ちょっと挙動不審になっていたかもしれない。内心では、とても緊張していた。

だんだん慣れてきて、ほとんど正常に話せるようになった。けれども話した後で、どうしてあんなことを言ってしまったのだろう、とか、話そうと思っていたことを話すのを忘れていた、とか、そういう反省会的なものを自分の中で開くようになった。

コミュニケーションが下手なところはまったく変わらなかった。

二年生で、七里さんと同じクラスになれた。人間関係がリセットされて、委員会決めなどの面倒なことも増えるクラス替えを、初めて嬉しいと思った。

さすがに、隣の席とまではいかなかったけれど、彼女との距離は、少なくとも物理的には縮まった。心理的にも、もっと近づきたい気持ちはある。

けれど、何一つ行動に移すことはできない。

僕は臆病だったし、身の程を知っていたし、多くを望むこともなかった。

叶《かな》う恋もあれば、叶わない恋もある。

努力せずとも叶う恋もあれば、どれだけ願っても叶わない恋もある。

きっと、僕のこの恋は叶わない。

それなら最初から、一方的に好きなだけの恋でいい。必要以上に傷つきたくない。

痛々しくて気持ち悪い考え方だってことは理解している。

だからこの恋は、僕の内側だけに存在していて、そこで完結していた。
僕に好きな人はいないし、恋人を作る気もない。
僕の外側の世界では、そういうことになっていた。
自分の心の一番深い場所だけに、その恋はひっそりと静かに咲いていた。
彼女が仲の良さで男子を順番に並べたとして。
僕は半分よりもちょっと上にいるくらいでいい。
まあまあ仲の良い男子。話しやすい人。
そのくらいに思ってくれていれば、それだけで十分だ。
そうやって、無理やり自分に言い聞かせてきた。
そんな臆病で生産性のない片想いが半年くらい続いて、現在に至る。

5

大型連休の気の緩みもなくなり、中間テストに向けて、教室の緊張感が高まってきている五月中旬。
「――つまり、翻訳されてタンパク質が合成されるわけだ。転写と合わせて、えー、DNAからタンパク質が作られる過程で重要なワードになるからしっかり覚えておけ。

また、あー、このDNAからタンパク質が作られる流れのことを、セントラルドグマと言って、え――」

生物教師の長嶋《ながしま》は、板書が多く、授業が退屈なことで知られている。しっかり聞いていれば、その説明はとても理路整然としていてわかりやすいのだけれど、間延びするような低音の優しい声と春の陽気のコンボで、多数のクラスメイトがダウンしている。気合と根性では、お昼時の眠気には抗《あらが》えない。

平均睡眠率は十パーセントを超え、瞬間最高睡眠率は三十五パーセントを記録していますといったところだろうか。

僕も例に漏れず、ウトウトしていた。まぶたがものすごく重い。意識を失いかけること数回。

このままでは夢の中へ旅立ってしまう。眠気を振り払おうと首をぐるぐると回すと、数字がぼんやりと視界に入ってくる。

ふ、と目を留めたのは、クラスメイトの河本《こうもと》くんの頭上だった。399という数字が見える。たしか、大型連休の前は数字がなかったはずだ。しっかり確認したわけではないので定かではないけれど。どうやら念願の彼女ができたらしい。

河本くんは野球部のお調子者だ。彼女がほしい、狙っている女子がいるとしきりに漏らしていたのを、クラスメイトとあまり交流のない僕ですら知っている。というのも、河本くんは脩平と同じ中学で仲が良く、脩平と僕は仲が良いので、河本くんのことがたまに話題に上るというだけだ。直接話をしたことは数えるほどしかない。

へぇ。彼女ができたんだ、などと、感想とも到底呼べないような中身のないことを思っていると、廊下を横切る影が目に入った。

ふくよかな体で開いたままの扉から授業風景を覗いているのは、この学校の校長だった。年も六十歳近く、若干メタボ気味の校長は、こうしてよく授業の様子を廊下から眺めていたりする。

この授業風景は少しまずいのではないかとも思ったが、僕の知ったことではない。既婚者の校長の頭上には７７３８という数字が見える。約２１年だ。

この力のせいで、３６５の段が言えるようになった。数学のテストでごくまれに役に立つ。

教師たちのほとんどは数字が見えていて、生徒に比べるとその数字はかなり大きいものだった。すでに結婚している人も多いが、独身の教師も大きめの数字が見える人が多かった。

この先生、彼女がいるのか。意外だな……などと失礼な感想を抱いたりもする。

まあ、公務員だし。仕事が安定していて人生設計がしやすいのだろう。そう考えると、教師というのはなかなかの優良物件なのかもしれない。

複数の数字が頭の上に見えている人もいる。浮気、不倫。そんな不道徳な単語が脳裏をよぎる。僕がそれを知ったからといって、どうするつもりもないけれど。

「――転写が行われるのは、あー、核だが、翻訳が行われるのは、あー、細胞質、リボソームになる。勘違いしやすいところだが、しっかり理解しておくように」

生物教師の長嶋もその一人だった。数字は17449と216。たしか、既婚者だったような気がするが……。

おそらく17449の方が奥さんとの数字で、216の方が不倫相手との数字なのだろう。あるいは逆かもしれない。だとしたら昼ドラも顔負けのドロドロ展開だ。

どちらにせよ、二股をしていることは確実だ。不快感がなくはないけれど、僕には関係のないことだし、怒る資格もそのつもりもない。

こっそり脅迫して生物のテストの問題を教えてもらうことくらいならできそうだ。もちろん、そんなことをする行動力はないけれど。

吉見さんと別れた脩平は、思ったよりすぐに立ち直った。数日も経つと、普段通りの爽やかさに戻っていたのだ。

「俺が落ち込んで、まりながまた好きになってくれるってんなら、いくらでも落ち込むけどさ。くよくよしてたって仕方ないだろ」

そんな強がりではない台詞を聞いて、また一つ、僕は脩平を強くリスペクトすることになった。

脩平が別れたという話がすでに公になっているのだろう。つい先日、一年生の女子に呼び出されていた。

呼び出しのとき、教室に恐る恐る入って来たその女子は顔を赤くしていたし、数人の友人らしき人影がこそこそ見守っていたので、僕ですら告白だとすぐにわかった。

脩平は驚いた様子もなく、普通に受け応えをし、初めて話したであろうその女子に応じていた。僕には絶対にできないことだ。そもそも知らない女子に話しかけられることはないから、心配することはないのだけれど。

そして脩平は、その告白を断ったらしい。

「どうだったの？」

普通に教室に戻って来て、なんでもなかったように弁当を広げる脩平に、僕は尋ねた。

「付き合ってくださいって言われた」

「それで？」

「断った」

「え？」

頭上に数字は見えていない。本当に断ってきたらしい。

「だって俺、その子のこと、全然知らないし。いきなり付き合ってください、なんて言われてもな……」

カラっとした笑顔で言う脩平。モテない男に一発ずつ殴られてしまえ、と思った。そのときはもちろん僕も殴る。

まだ前の彼女と別れたばっかりだから、というような、綺麗な理由ではないのが脩平らしくていいな、とも思った。

せっかくのチャンスを無駄にするなんてもったいないのでは……などと考えているのは、僕にはそういう経験が皆無だからだろう。

顔も性格も頭も良くて、完璧超人とまではいかなくとも、それに近い魅力的な人間。そんな脩平なら、この先いくらでもそういう機会が訪れるのだろう。

でも不思議と、それを羨ましいとは感じなかった。ちょっぴり腹立たしくはあったけれど。

それはきっと、僕が七里さんに片想いをしているからなのだと思う。

好きな人に好きになってもらえれば、それだけでいい。他の人からいくら好意を寄せられようと関係ない。

もちろん、壊滅的にモテる要素のない僕にとって、それは戯言《ざれごと》でしかない。他の人から好意を寄せられたことだって、今まで一度もありはしないのだから。

好きになってほしい人に好きになってもらうことが、どれだけ難しいか。僕はわかっているつもりだ。

6

脩平が吉見さんと別れてから、およそ二週間が経ったある日。

大事件が起きた。

その大事件のせいで、僕の心は暗く沈んで、これ以上ないくらいに淀んでいた。もう二度と立ち直れないんじゃないかってくらいに、メンタルがバキバキに折れていた。

世界なんて、滅びてしまえばいいと思っていた。

ちょっと言い過ぎかもしれないけど、僕はそれくらい酷くショックを受けていたのだ。

「どうした柾人」

二時間目と三時間目の休み時間。脩平が上半身だけひねって僕を見ている。

「ん？　何が？」

「なんかすげー禍々《まがまが》しいオーラが出てる。どこかの国の社会から完全に隔絶された部族が住む秘境とかで呪いでも習得したのか？」

「してないよ」

その異様に細かい設定はどこから持ってきたんだ。そうツッコむ気力もない。

「そっか。でも雰囲気が暗いのはマジだぞ。なんかあったか？」

吉見さんとの破局からはすっかり立ち直っているようで、この前と立場が逆転していた。

「暗いのはいつもだよ」

「ああ、たしかに」

「そこはもうちょっと否定する方向でお願いしたかった」

しかも即答って……。まあ、そうなんだけどさ。

「え、めんどい」

薄情なやつめ。

脩平の言う通り、僕はかなり、いや、とても落ち込んでいた。

なぜかというと、僕の片想いの相手、七里さんの頭上に数字が現れたからだ。

七里さんの頭の上に数字がないことを確認し、胸をなで下ろす。それが、僕の日課だった。我ながらかなり気持ち悪いと思う。

今日も、朝のショートホームルームのときに、担任からの連絡事項を聞き流しながら、僕は自然な動作で七里さんの方を見る。頭上に数字がないことを確認しようとして——椅子から転げ落ちそうになった。

姿勢よく座って教壇に視線を向けている七里さんの頭の上に、数字が浮かんでいたからだ。

頭の上に数字が見えているということは、彼女に恋人がいることを意味している。

いったい、いつ……。先週の金曜日の昼までは、数字はなかったはずだ。つまり、金曜日の昼から今日の朝までのどこかで、七里さんに恋人ができたということになる。

いや、恋人ができたタイミングなどはどうでもいい。

七里さんに恋人ができたことが問題なのだ。

今まではまったく理解できなかった、芸能人の熱愛報道に本気でショックを受ける人たちのことが、その瞬間に完璧に理解できてしまった。

どうせ手の届かない場所にいる人間に、何を期待しているのだろう。身の程を知れ。そんなことすら思っていたのだけれど、そういう問題ではなかったのだ。

どうせ自分の手が届かないのなら、他の誰の手も届かない場所に——硬く透明なガラスの内側に、ずっと一人でいてほしかった。

それは、とても身勝手で醜い感情だと、自分でもわかっている。

わかっているけれど、そう思わずにはいられないのだ。

朝から衝撃を受けた僕は、魂が抜けたみたいに、ぼんやりと授業を受けた。

七里さんに特別な人ができた。

つまるところ、僕は失恋したも同然だった。

七里さんは、ちょっと変わっているけれど、それも含めて素敵な女の子だ。きっと僕以外にも、彼女のことを好きになる人はたくさんいる。そんなことくらい、わかっていたはずだ。

なんの取り柄もない僕なんかじゃ、七里さんと釣り合うわけがない。

だから、僕の恋が叶わないことなど、最初から決まりきっていたことだったのに――。

それでも、まるで世界が暗闇に包まれたかのような、未来が閉ざされてしまったかのような感覚だった。

あまりにも突然で、ショックで、自分がこんなに打ちのめされていること自体がさらにショックだった。

何も行動しない僕の恋が、絶対に叶わないことはわかりきっていた。それなのに、失恋する覚悟が全然できていなかったのだ。

不幸中の幸いとでも言うべきか、彼女の頭上に出ている数字は、決して大きいものではなかった。

５９。

今から約二ヶ月後、七月の半ばごろに、七里さんは恋人と別れることになる。

七里さんが別れて、僕が嬉しいかどうかと言われると、それはとても微妙なところだ。

七里さんに恋人ができたということに対して、喪失感みたいなものは抱いているけれど、彼女には幸せになってもらいたいとも思っている。

恋人といて幸せなのであれば、別れることで悲しんでほしくはない。

それに、七里さんが恋人と別れたとしても、その代わりに僕が彼女の特別になれるわけでもない。引き続き、片想いの日々を送ることにしかならないと思う。それならば、七里さんに恋人がいてもいなくても変わらないのではないだろうか。

ぐるぐると考えていて、一つ気づいたことがある。

僕は、一番情けない方法で失恋したにもかかわらず、まだ彼女に恋をしているらしかった。どうしようもなく、自分勝手でみっともない恋を。

昼休み。七里さんは今も、友人たちとの会話に花を咲かせて、楽しそうに笑っていた。彼女の発言に、周りが一斉にツッコミを入れる。いつもと何も変わらない光景。

七里さんは、少しずれている女の子だった。天然と表現するのもちょっと違う。不思議ちゃんというほど電波系でもない。物事を見る視点が、角度が、常人とはほんの少しだけ違っているのだ。この、ほんの少しだけというのが絶妙で、見ていて飽きることがない。

何気なく呟いた一言が、周囲に笑いをもたらす。本人は周りがどうして笑っているのかよくわかっていない。そんなシーンを何度か目撃したことがある。

ほんの少しだけ空気を読まない一面も持っていて、場の雰囲気を悪くしかけてしまうこともたまにあるけれど、それを補って余りある人懐っこさと優しさがあった。それに、ふわふわしているようで、芯をしっかり持っている人でもあった。

そんな彼女の存在は、クラスメイトに、おおむね好意的に受け入れられていた。

基本的には友人に囲まれている七里さんだけれど、一人でいるときは、どこか遠いところを見るような、儚《はかな》げな表情を浮かべることがあった。いつもの穏やかな、楽しそうな表情と比べると、まるで別人のようだ。

そのときの七里さんは、まるで一枚の絵のように美しかった。

七里さんに恋人ができたことが判明してから、僕は魂の抜けたような日々を送っていた。

唯一の救いは、彼女の頭上に表示された数字の小ささだった。

５９。

それが、僕が最初に確認した、七里さんの頭上の数字。

七里さんの交際は、すぐに終わる。

僕は最低な人間だった。

数字が現れてから五日。

今のところ、七里さんの行動にあまり変化はない。誰かと一緒に帰っているとか、スマホをよくチェックするようになったとか、そういった様子は見られなかった。

けれど彼女の頭上にはたしかに数字があって、恋人ができたことは間違いない。

七里さんと付き合っている相手はどんな男だろうか。そんなことを考えたってつらくなるだけなのに、つい想像してしまう。

軽薄そうなチャラチャラした人だったらどうしよう。逆にパッとしない暗い感じの人でも、それはそれで嫌だ。

結局、それがどんな人であっても、僕は納得できないのだと思う。

せめて七里さんのことを傷つけない、優しい人であってほしい。

「橘田くん、ンガチュールガ」

　七里さんの頭上に数字が現れてから一週間が経ち、少しだけショックから立ち直ってきたある日の朝。僕は彼女に話しかけられた。

「何それ」

「ゾンカ語で『おはよう』って意味」

　52という数字を頭の上に表示させた七里さんが誇らしげに言う。

「ゾンカ語？」

　聞いたことがない。ゾンカなんて国、なかったと思うけど。ついに独自の言語でも開発したのだろうか、などと考えてしまう。

「昨日の夜、英語の課題がわからなすぎて、開き直って電子辞書で遊んでたら出てきた」

　とても七里さんらしい経緯だと思った。

「どこの国の言葉なの？」

「さあ。知らない」

「ええ？」

　知らないんだ。

「橋田くん、ンガチュールガ」

「うん。おはよう」

「違うでしょ。ンガチュールガ」

「えっと、ンガ……チュールガ？」

そんな三回聞いただけの異国の言葉、すぐに発音できるわけがない。

「まあいいでしょう」

七里さんは満足そうにうなずいた。

そんなことより、さっそく一時間目が英語なんだけど、課題は大丈夫なのだろうか。

七里さんは自分の席へ戻っていった。

恋人ができてからも、七里さんは以前と変わらずに僕に接してくれている。

ちなみに、ゾンカ語はブータンで使われている言葉らしい。

7

七里さんと付き合っている人がわかれば、この気持ちも少しは晴れるのではないかと思い、調べてみることにした。

学年中の男子をリストにし、学年集会や合同授業などを利用して、一人ひとり頭上の数字を確認してみた。

けれど、七里さんの交際相手は見つからなかった。三週間を無駄にした。結果として、同学年の男子に彼女がいるかどうかを大方把握することになってしまった。虚無感がすごい。

一年生と三年生、さらには念のため、教師もざっと見てみたけれど、彼らの中にも七里さんの彼氏は見つからなかった。

七里さんと数字だけ同じ男子はいたが、彼は別の女子と付き合っていて、その女子も同じ数字だったため、七里さんとは関係がなさそうだ。

僕が見落としていなければ、七里さんの彼氏はこの学校にはいないということになる。

七里さんは部活には入っていないし、何か習い事をしているという話も聞いていない。となると、同じ中学の男子とか、はたまた社会人とか、そういう、僕には把握できないような関係性の人になってくる。

放課後に後をつけてみればわかるのかもしれないが、そんなことをしたら、いよいよ本当にストーカーになってしまう。現時点でもまあまあ怪しいけれど。

別に、七里さんが誰と付き合っていようが、僕には関係ないのだ。だって、僕はただのクラスメイトなのだから。

ただのクラスメイトの僕は、七里さんの頭の上の数字が減っていくのを眺めながら、日々を悶々と過ごすことしかできなかった。

僕の方から七里さんに話しかけることもある。

「お、おはよう。七里さん」

偶然、登校の時間が重なったらしく、下駄箱で七里さんを見つけた僕は、自分から声をかけた。人間とのコミュニケーションが苦手な僕でも、それくらいはできる。胸を張ることではないが。

その日の七里さんの頭の上の数字は26。

六月の中旬になって、気温も湿度も高くなってきていた。

「おお、どうしたんだい、橘田くん」

まるで舞台俳優みたいな言い回しで、爽やかな夏服姿も素敵な七里さんは返事をする。

「あ、その、いい天気だね」

何を話すかなんて考えていなくて、そんなつまらない話題を僕が振ってしまっても、

「イー天気を通り越してエフ天気だよ。あっついね～」

七里さんは会話を面白く彩ってくれる。

「暑すぎてゼット天気だね」

「え？　ちょっと何言ってるかわからないんだけど」

七里さんは、突然真顔に戻ってそんなことを言う。

「ひどい！」

先に言い出したのは七里さんなのに。

「嘘だよ～。でも本当にあっついね～。この気温って、熱量保存の法則で冬に持っていけないのかな」

それな、と心の中で相槌《あいづち》を打つ。

熱量保存の法則を習った人間なら、誰もが一度は考えたことがあると思う。エネルギー問題の解決にもつながりそうだ。

「そんなことができたらノーベル賞ものだね」

「だね～。そういえばさ、ノーベル賞はあるけど、イエスベル賞はないのはなんでなんだろうね」

「ん？　イエスベル賞ならあるよ？」

「え？　本当？」

七里さんは本気で驚いているようで、猫みたいにまん丸になった目で僕を見てくる。

当然、僕は目を合わせることなどできやしない。

「いや、嘘だけど」

さっきの仕返しだ。

「嘘なんかーい」

と、ケラケラ笑いながらツッコミを入れてくれる七里さん。

「いつもに増して楽しそうだね。なんかいいことあった？」

彼氏とデートの約束をした、とか。

「んー？　別にいつもと変わらないけどな。毎日がエブリデイでハッピーだよ」

七里さんは花が咲いたような笑顔を見せる。

僕もつい顔がほころんでしまうけれど。

その笑顔を、もっとたくさん見ることができる人が別にいるのだと思うと、胸のあたりがちくりと痛んだ。


六月の終わりに、妹に彼氏ができた。

「ただいま」

「まさ兄、おかえり」

僕が高校から帰ってくると、有華が玄関前にいた。ちょうどどこかへ出かけようとしていたようだ。

有華は県大会をベスト8というなかなかの好成績で終え、すでにバスケ部を引退している。惜しくも関東大会へは進めなかったらしい。

大会で活躍した有華は、いくつかの私立から声がかかっていたけれど、すべて断った。

行きたい高校があるらしく、今は受験勉強中だ。家での様子を見るに、それなりにしっかりやっているようだった。部活動で培った集中力がしっかりと発揮されている。彼女の目指している高校は、僕の通う紫桜高校よりも少し偏差値の高い、県内でも有名な難関だ。妹だからといってひいき目に見ているわけではないけど、この調子なら合格するんじゃないかと思う。

「どっか行くの？」

僕は有華に尋ねる。

「ん。別に。図書館に勉強しに行くだけ」

歯切れが悪い。いつになく服装に気合が入っているし、薄くメイクもしているみたいだ。

もしかして、と思い、僕は有華の頭の上に視線をやり、目を凝らす。

そこには378という数字があった。

一年とちょっと。高校に入って毎日のように会えなくなり、破局、という感じだろうか。

「そ。気をつけて」

なんでもないふうを装って、僕はそれだけ告げる。別にシスコンではないので、ショックを受けるわけでもない。

「うん。行ってくるー」

声が弾んでいる。きっと、彼氏に会うのが楽しみなのだろう。

両親にバレるのも時間の問題かな……。微笑ましい気持ちと、ほんのちょっぴり羨ましい気持ちを胸に抱いて、僕は有華の後ろ姿を見送った。

家のドアを開けようとしたとき、レモンが、ワン！と鳴きながら寄って来た。

頭をわしゃわしゃとなでると、嬉しそうにじゃれてくる。暑い。でも可愛いから許す。

「散歩行くか？」

僕が言うと、レモンは嬉しそうに尻尾を振った。

8

脩平にも新しく彼女ができた。

つい先日。七月に入ってすぐのことだった。

「柾人、聞いてくれ」

登校してくるなり、脩平は僕の机に勢いよく両手をついた。テンションがいつもの三倍くらい高い。

「どうした。そんな楽しそうな顔して」

「俺、彼女ができた」

僕は脩平の頭の上に浮かぶ数字を確認した。

「……本当だ」

「は？」

「や、なんでもない」

つい余計なことを口走ってしまった。

「何か聞きたいことはあるか？」

「え？　特にないけど」

「おいおいおい！　そこは『相手はどんな人なんですか？』とか『お二人の出会いは？』とか聞くとこだろ！」

前言撤回。いつもの五倍くらいテンションが高い。

「僕は芸能リポーターじゃないんだけど」

「俺も芸能人じゃないぞ」

「知ってるよ」

「よし！　じゃあ勝手に話す」

脩平は椅子に座ると、新しくできた彼女との馴《な》れ初《そ》めを話し出した。

僕も興味がないわけではないので、耳を傾ける。

なんと、相手は大学生だという。

出会いは二週間前。駅で何かを探している様子の女性がいて、思い切って声をかけた。脩平曰く、泣きそうな顔をしていたらしい。

その女性は、祖母の形見である大切なピアスを落としてしまい、探している途中だったということを、涙目になりながら説明した。

そこまで人の乗り降りが多くない駅ではあったが、朝の通勤ラッシュの時間帯なので、それなりに人の流れはあった。早く見つけないと、誰かに踏みつぶされてしまうかもしれない。脩平は探すのを手伝うことにした。

通勤で急いでいるサラリーマンに舌打ちをされながら、脩平とその女性はピアスを探し、ついに十五分後、無事な状態でそれを発見した。

後日お礼をさせてほしい、と言われて、その女性と連絡先を交換した。とのことだ。

「すごいベタだね」

そういえば二週間くらい前、珍しく脩平が遅刻してきたことがあったな……と思い出す。そのときの話なのだろう。

「ベタで何が悪い」

「悪いなんて言ってないよ。それで、お礼してもらったの？」

僕は話の続きを促す。

「ああ。食事でもってことで、二人で出かけた。一週間前にな。話してみたら、すごい聡明な人でさ。いいなぁって……」

珍しく照れたように話す。幸せそうで何よりだ。

「そりゃよかった」

「で、また会いましょうって約束して、昨日会って告白してきた。晩ご飯食べてから、ちょっと歩きませんかって言って、人の少ない公園のベンチで――」

「へぇ」

熱弁をふるう脩平の声を聞き流す。そこまで細かく話さなくてもいいのに。よほど嬉しいのだろう。

脩平の行動が意外だとも感じた。脩平はあまり恋愛に積極的にならないタイプだと思っていたからだ。

好意を寄せられ、その想いを真正面から受け止めて誠実に応える。そういう恋をしそうだと思っていた。実際、吉見さんのときもそうだったみたいだし。

「もしかして、運命ってやつなのかな」

だらしなくニヤけながら脩平が言った。

脩平の頭の上の数字は２０９９３となっている。約六十年……か。きっと、結婚もして温かい家庭を築くのだろう。相手の顔すら知らないけれど、脩平とその彼女が幸せになることを、僕は容易に想像できた。

「たぶん、運命なんじゃない？」

「お、珍しいな」

僕の返答に、脩平が驚いたように目を見開く。

「何が？」

「柾人がロマンチックな思考回路してんの」

「そんなことないって」

そもそもロマンチックな思考回路ってなんだ。

「でも、まあ。とりあえず、おめでとう」

色々と。

「おう。サンキュ」

脩平はニカっと笑って言った。

頭の上の数字が3になっても、七里さんはいつも通りだった。

梅雨真っ只中。熱気と湿度のダブルパンチ。さらに期末テストも近く、肉体的にも精神的にも大変なある日の昼休み。

「橋田くん、ごきげんよう」

両手を後ろに回して、七里さんは僕のところまでやってきた。

「ごきげんよう……？」

何か用だろうか。とりあえず、七里さんから話しかけられて嬉しい。緩みそうになる頬を制御しながら返事をする。

「見てほしいものがあるんだ」

七里さんは、後ろに回していた両手を僕の前に持ってくる。いたずらっぽい笑み。

「え、何？」

身構える僕に、七里さんは大げさな効果音で何かを差し出した。

「じゃーん！」

彼女の手の中にあったそれを見て、

「うわっ、ちょっ！　セミ!?」

僕は弾かれたように椅子から立ち上がり、一メートルほど後退した。

「あははっ！　橋田くん、驚きすぎ！」

七里さんは思いっきり笑っている。

「セミの形をした消しゴムだよー」

そう言って、おそるおそる元の位置に戻った僕に、再びそれを近づける。

「びっ……くりしたぁ……」

走馬灯が見えるかと思った。ってか、造形がリアルすぎるんですけど……。

「橘田くんの反応が今のところ一番面白かったよ。このまま優勝目指して頑張ってね」

「優勝？　なんの？」

というか、もう頑張りようがないと思うが。

「セミ消しゴムドッキリリアクション選手権」

「そのまんまだね」

「優勝賞品はなんと、これです！　この子の出身はなんと、三百円のガチャガチャ」

七里さんはセミ消しゴムを高く掲げた。

セミ消しゴムのガチャガチャを回す七里さんを想像しておかしくなる。

「そりゃすごい」

うん。要らない。

「じゃ、また」

と、自分の席に戻っていく。

三日後に恋人と別れるなんて、微塵も感じさせないような明るさだった。

いつも通りの七里さんであるようにも感じたし、無理をして明るく振る舞っているようにも見えた。

七里さんに恋人ができてから、僕は気づく。

思っていたよりも、人は恋をしていた。

有華もそうだったし、脩平だって新しく彼女ができた。

クラスメイトの数字が見えなくなっていたり、逆に数字が現れていたりした。

他にも、口癖が「彼氏ほしい」と「誰かいい男を紹介して～」だった女子が静かになったと思ったら彼氏ができていたり、元々四つあった数字を一つ増やしている男子もいた。

七里さんの親友である小野屋さんにも、いつの間にか数字が現れていたりもした。

別れてすぐに、お互い新しく恋人を作っているカップルもいた。

よく合コンをしているという噂《うわさ》のある、二十代後半の古典の教師に数字が現れた。

一週間後に授業でとても不機嫌そうにしていたと思ったら、頭上からは数字がなくなっていた。その翌週には頭上に二桁の数字を浮かべて、幸せそうに枕草子について熱弁していた。いと哀れなり。

学校でも有名な美男美女同士のカップルが誕生して、至るところで話題になっていた。あらゆる生徒から羨望の眼差《まなざ》しを向けられる二人の交際が、半年も経たずに終わることを、僕だけが知っていた。

誰かと恋人という特別な関係になることは、僕には無関係で別世界の出来事のように感じていたけれど、世界はこんなにも恋や愛であふれている。

だからといって、すぐに、恋愛に積極的になってみようと思えるわけではない。

でも、もしかすると、僕も――。

日陰でしか呼吸ができない僕も、まっとうに恋愛をしてみてもいいのかもしれない。

そんなふうに、ほんの少しだけ思い始めていた。

第3章　君との恋の終わりなんて、見えなくてよかったのに。

1

蒸し暑い七月中旬のある日。

七里さんが恋人と別れた。

七里さんの頭の上の数字は、着実に1ずつ減っていって、呆気なく0になり、消滅した。

とはいっても、僕は七里さんの破局を、直接見たり聞いたりしたわけではない。そもそも彼女が誰かと交際していたという事実も、本人の口から聞いていないし、噂として耳に入ってきたこともない。

ただ、僕に与えられた不思議な力が、七里さんが誰かと恋人になって、そして恋人ではなくなったことを示していた。

原因も不明だし、説明も満足にできないこの現象だけど、その正確さには信頼を寄せていた。

七里さんが恋人と別れたのは、その日の昼休みの間だ。

どうしてそれがわかるかというと、昼休みの前までは、七里さんの頭の上には0という数字があり、午後の授業ではそれが見えなくなっていたからだ。

関係が終わる日には０と表示され、その日のどこかで恋人ではなくなった瞬間に、数字が消える。それが、僕の不思議な力のルールだった。

七里さんの頭の上の数字が０になる日、僕はいつも以上に彼女のことが気になって、そわそわして、これ以上は本人に気持ち悪がられるんじゃないかってくらい、彼女のことを目で追っていた。

さすがに付きまとっていたわけではないけれど、同じ空間にいるときは、視線の端で彼女の姿を捉えていた。本人にバレていなければいいが……。

脩平には「今日はなんか上の空だな。寝不足か？　それとも脳梗塞か？」などと言われたので「その二択だったら寝不足かな」とだけ答えておいた。地味に韻を踏むんじゃない。

とにかく僕は、あまり見ないようにしていた七里さんの頭上の数字を、この日に限っては、しっかり観察していた。

朝。異常なし。

二時間目。異常なし。

四時間目。異常なし。

昼休みが始まったときも、僕は七里さんの頭上を確認した。異常なし。

そしてすぐに、

「梓帆～」

教室の後方から小野屋さんの声が聞こえてきた。

「はいは～い」

七里さんが元気のいい返事をして後ろを向いたので、僕は彼女から視線を外した。

小野屋さんが教室に入ってきて、七里さんの席まで近づく。

僕はスマホを操作するふりをしながら、二人の会話に耳を傾けた。

「今日はどこで食べよっか。外は暑いよね」

小野屋さんが言った。

最近、二人はよく中庭で昼食をとっているみたいだが、七月の昼は蒸し暑い。特に今日は、ほとんど人間の体温みたいな気温だ。校舎の外に出るのは自殺行為と言っていいだろう。

「そうだね……。できれば室内がいいかな」

「了解。じゃ、食堂行こ」

七里さんが小野屋さんに腕を引かれる。教室を出て行ったと思ったら、七里さんはすぐに自分の席に戻ってきて、スクールバッグをごそごそと漁《あさ》っていた。どうやら財布を忘れたらしく、赤の可愛らしい二つ折りの財布を持って、教室の出口で待つ呆《あき》れ顔の小野屋さんのところへ、とてとてと小走りに向かった。

財布を持っていったはいいものの、今度は机の上にスマホを置きっぱなしにしていた。七里さんにはこういうずぼらなところがある。そこもまた彼女のチャームポイントだと思う。

僕は飲み物を買いに行くふりをして、教室を出た。

前方の七里さんの後ろ姿にさりげなく視線を向けて、念のためもう一回数字を見る。

0。

たしかに、この瞬間までは七里さんの頭の上に0という数字は表示されていた。つまり、この時点ではまだ、彼女は恋人と別れていなかった。

僕はといえば。飲み物を購入して教室に戻ると、さっさとお弁当を食べて、机に突っ伏して眠っていた。

眠る前は、購買でパンを買ってきた脩平と何かしら会話をしたことは記憶にあるのだが、七里さんのことを考えていたため、内容はろくに覚えていない。

うとうとしていると、いつの間にか午後の授業が始まっていた。

化学の教師が黒板に羅列した化学式を、僕は意味もわからないまま、寝ぼけ眼で眺める。

トイレに行き損ねたな……などとどうでもいいことを思いつつ、徐々に脳を覚醒させていく。

「過酸化水素水の自己酸化還元反応。これは簡単ですね。では次。この化学反応式。なんでしたっけ。では青山さん。…………………そうですね、鉛蓄電池の放電の反応。さすがです。では、この反応で酸化されているのは、どの物質でしょうか。また、還元されているのは――」

四十歳くらいのその教師は評判もよく、わかりやすい授業展開をする。しかしながら、昼休み明けの授業ということもあり、夢の世界へ旅立っている生徒が多い。さっきまでは僕もその一人だった。

とりあえず、遅れた分を取り戻さなくては。

僕は机の中から化学の教科書を取り出して広げる。

そういえば、七里さんの数字はどうなったのだろう。昼休みが始まったときは、まだ0の数字はあったが……。

彼女の方をちらりと見ると――頭上の数字がなくなっていた。

僕は思わず立ち上がった。

椅子の脚が床にぶつかる、ガタガタッという音。授業中ということもあり、その音は大きく響いた。

「おや、橘田くん。やっとお目覚めですか？　期末テストが近いのに、余裕ですねえ」

などと化学教師に穏やかな表情と声で皮肉られる。教室のあちこちからクスクスと笑い声が聞こえた。

「す、すいません……」

消えそうな声で謝り、椅子に座る。目立ってしまって恥ずかしかったけれど、それどころではなかった。

僕の失態に顔を伏せて笑いをこらえている七里さんの方をもう一度確認するが、やっぱり数字はない。

数字が見える人もいるので、僕の不思議な力がなくなったわけではないはずだ。とすると――七里さんはついさっき、恋人と別れたらしい。

そんなわけで、七里さんは昼休みの間に、交際していた誰かと別れた。

放課後まで彼女を見ていたけれど、特にいつもと変わった様子は見られなかった。多かれ少なかれ、彼女なりに何かしら思うことはあるのだろうけれど、いつも通りに振る舞っていた。少なくとも、僕にはそう見えた。

彼女は意外と、隠しごとが上手いのかもしれない。

2

七里さんの数字が消えてから二日が経った。

結局、七里さんが誰と付き合っていたのか、どういった経緯で別れたのか、その辺りの事情は一切わからずじまいだった。

七里さんは、恋人とどんな場所に行って、どんな時間を過ごしたのか。どういうふうに恋をしていたのか。それすらも、僕は知らなかった。もちろん、どんな別れ方をしたのかも。

わかっていることは、今、七里さんには付き合っている男がいないということだけだ。

数字が消えて以来、彼女の頭の上に新しく数字は現れていなかった。

といっても、まだ数字が消えてから二日しか経っていない。

七里さんは、恋人がいるという事実を公にしていなかった。僕が知る限りでは、の話だけど。

一度、七里さんの友人たちとの会話を偶然聞いてしまったことがある。

あれはたしか、七里さんの頭上に数字が現れてから一ヶ月くらいが経ったころ、つまり、今から約一ヶ月前だったと思う。

彼女たちは数人で集まって恋バナをしていた。その中には小野屋さんもいた。彼氏の束縛が強いだとか、好きな人からの返信が遅いだとか、そういう、普通の女子高生がしているような会話だった。

「そういや、梓帆はどうなのよ」

七里さんに向かって、束縛が強い彼氏持ちの派手な女子が言う。

「えっ？」

虚を突かれたというような反応をする七里さん。

「そうそう。彼氏とか、気になる男子とか。あんたからそういう話、全然聞いたことないんだもん。たまには聞かせなさいよ」

好きな人からの返信が遅い女子が追撃する。

ただ聞いているだけなのに、僕はドキッとした。今、七里さんの彼氏の存在が明らかになるかもしれない。

七里さん本人から、彼氏がいるなんて聞きたくなかった。耳をふさごうかと思った。同時に、彼女が誰と付き合っているのかも知りたかった。でも、知りたくないという気持ちもあった。

しかし、彼女は――。

「か、彼氏なんていないよ。気になる人も、別に……」

言葉尻をにごしつつ、頬を染めて、胸の高さまで上げた両手を振った。

今まで誰とも付き合ったことがないけれど、恋愛にはちょっぴり興味はある、そんな清らかで純粋な女の子として、百点満点の反応だった。

「えー？　本当に？」

「こんな男ウケしそうな顔して何言ってんのよー」

と、他の女子も口々に言う。自分たちが恋バナを楽しむため、友人をしつこく問い詰める習性が、女子にはあるようだ。矛先は完全に七里さんに向けられていた。

「はぁ～。佳月もこの子になんか言ってやってよ」

二年生になっても、小野屋佳月は七里さんと一番仲の良い女子だった。今年度は別のクラスだが、昼休みにこうして僕のクラスを訪れて、七里さんたちと数人で集まって昼食を食べることもあった。

一年生のときは同じクラスだったとはいえ、僕はそこまで小野屋さんのことを知っているわけではない。ただ、七里さんと僕がたまに話すのを知っているため、気軽に声をかけてくれる数少ない女子だ。芯が強くて格好良い女の子。すごくしっかりしていて、生徒会長というよりも風紀委員というイメージ。対面すると、思わず背筋が伸びてしまうような。

「なんか言ってやってって言われてもなぁ。梓帆はそのまんまでいいと思うんだけど」

小野屋さんは他の女子と違い、七里さんの現状に満足そうにしているようだ。

「もー、保護者がそうやって甘やかすから、いつまで経っても梓帆の恋バナが聞けないじゃない。将来、悪い男に引っ掛かっても知らないからね～」

束縛が強い彼氏は悪い男に入らないのだろうか。それとも、彼女なりのブラックジョークなのだろうか。

「誰が保護者よ」

小野屋さんがテンポよく反応する。

「梓帆、よく聞きなさい。あんたは外見だけは可愛いんだから、彼氏の一人や二人くらいいてもおかしくないの。ちょっとでも気になる男子がいたら、すぐにうちらに報告するように」

好きな人からの返信が遅い女子が、小学生に言い聞かせるように諭す。

「は～い」

「いやいや、彼氏が二人いちゃダメでしょ」

気の抜けた返事をする七里さんと、律義にツッコミを入れる小野屋さん。

会話を聞いていた僕は、七里さんが可愛いのは外見だけじゃなくて中身もなのに、なんてことを思った。かなり重症だ。

そんなふうに、七里さんは誰かと付き合っているという事実を隠していた。けれどもしかすると、小野屋さんだけは、七里さんに恋人がいるということを知っている可能性がある。冗談で保護者だと言われるくらいに、小野屋さんは七里さんと親しい。そんな小野屋さんにになら、七里さんも恋人の存在を打ち明けているのではないかと、僕はそう思った。

それに、なんとなく、二人の間には秘密を共有している雰囲気があったのだ。完全に直感で、根拠なんてないけれど。

でも……。もしそうだとすると、他の人に隠している理由はなんだろう。

相手が一回り以上年上の社会人で、交際そのものが倫理的によろしくないという可能性。

相手には本命がいて、七里さんが浮気相手。七里さんはそれをわかっていて隠している可能性。

うん。どれも想像するだけでムカムカしてくる。やめておこう。

放課後。僕は七里さんと初めて会った場所——屋上庭園にいた。

期末テストが近いので勉強のために図書室に行こうと思ったが、なんだかやる気が出ないような気がして、一度外の空気を吸おうと考えていた。集中力の欠如に、二日前に恋人と別れた七里さんのことも関係していると思う。

適度に曇っていて、爽やかな風も吹いている。夏にしては比較的涼しい日だった。二十分くらいしたら勉強しよう。そう考えながら、首の力を抜いてベンチの背もたれに上半身を預ける。視界のすべてが空になった。遠くから、下校する生徒の話し声や、踏切の音、セミの鳴き声が聞こえてくる。

「あれ。橘田じゃん」

声がした方に顔を向けると、七里さんの保護者、もとい小野屋さんがいた。

「小野屋さん。またかくれんぼしてるの？　今度は隠れる側？」

校内かくれんぼ中の七里さんを匿った日、小野屋さんが鬼として七里さんを探しにここへ来たことを思い出す。

「そのことはもう忘れてくれ。今日はなんとなく来ただけだよ」

珍しく恥ずかしそうな表情で言う。

「そうなんだ」

「いい場所だな、ここ」

小野屋さんはそう言って、僕の隣に座る。

「うん、そうだね」

相変わらず会話が下手くそな僕を責めるでもなく、小野屋さんは先ほどの僕と同じように、ボーっと空を見ている。ショートカットの黒髪が、風になびいて揺れた。

これはチャンスなのでは、と思い、さりげなく探りを入れてみることにした。

「今日は七里さんは一緒じゃないの？」

七里さんが誰かと付き合っていたことを、小野屋さんなら知っているかもしれない。口は堅いタイプだとは思うが、ヒントくらいならもらえる可能性もある。

「ん〜。梓帆と仲は良いけど、いつも一緒にいるわけじゃないし」

「そうなんだ。ところでさ——七里さん、最近なんかあったみたいだけど大丈夫？」

背もたれに寄りかかっていた小野屋さんが、ガバっと上半身を起こす。

「それ、誰から聞いた？」

あまりの迫力に、僕は驚いて体をのけぞらせる。

「いや。誰からとかはないけど、ちょっと元気がなさそうだったから、小野屋さんなら何か知ってるかもと思って……」

小野屋さんの反応で確信した。彼女は、七里さんが誰かと付き合っていたことを知っている。その相手が誰かも知っているのではないか。もう少し詳しく話してくれないかな、と思ったけれど——。

「そっか。……まあ、何もなかったってことにしておいてくれ。梓帆もたぶん、聞かれたくないだろうから」

言葉を選びながら話す小野屋さんの様子が、いつになく真剣で、僕はうなずくことしかできなかった。

「わかった。そうする。じゃ、僕はそろそろ戻るから」

そう言って立ち上がる。本当はもう少しここにいたかったのだけれど、余計な質問をしてしまった手前、小野屋さんとこれ以上一緒にいるのも落ち着かない。向こうは気にしていないかもしれないが。

「ん」

片手を上げる小野屋さんを横目に、僕は校舎へと戻る。

そういえば、小野屋さんはどうしてこの場所に来たのだろう。

なんとなく、とは言っていたけれど、はっきりした理由があるのかもしれない。

あの場所は、一人になるのにうってつけの場所だ。

いつも堂々としていて、七里さんをはじめとしたたくさんの友達に囲まれているイメージが強い。だけど、そんな小野屋さんにも一人になりたいときはあるのだろう。

まあ、考えたところで意味はないか……。

気持ちを切り替えて、テストの勉強をしなくてはならない。学生の本分は勉強なのだ。

心の隅に引っかかっているモヤモヤを、無理やり押しつぶして、僕は自分に言い聞かせた。

3

七里さんが恋人と別れたら、僕の心も少しは穏やかになると思ったけれど、決してそんなことはなかった。

毎朝、教室に入って来る彼女の頭の上を見ては、数字がないことを確認して安堵する。

僕はそんなバカみたいなことを繰り返していた。

七里さんに恋人ができたことを知ったときは、言葉で表現することが不可能なレベルのショックを受けた。数字が見えたときの、体中に電気が流れたような衝撃を、今でも僕は覚えている。

もう一度同じことが起きたとしても、同じようにショックを受けるだろう。それなら、もういっそ七里さんの数字を見ようとすることなんてやめてしまえばいいのに。それくらいわかっているけれど、どうしても気になってしまう。

七里さんに恋人ができたときのことを思い返す。

何も知らないふりをしていつも通りに振る舞う日々を、偽りの笑顔を貼り付けて彼女と話す苦しい日々を、また繰り返すくらいなら——。

僕が七里さんの恋人になってしまえばいい。なれるかどうかはいったん置いておくとして。

七里さんには、今は彼氏がいない。

それなら、僕がアプローチをしても問題はないはずだ。

ぐるぐると考えている間に、僕は大胆な思考になっていった。うじうじと女々しい恋心をそっと育んでいたあのころの自分からは、とても想像もできないくらいに。

七里さんの頭上の数字を眺めている約二ヶ月の間、僕は苦しかった。

ただじっと、減っていく数字だけを見て、彼女の恋の終わりを待ち続けることしかできなかった。

それが終わったかと思えば、次はいつ恋人ができるのかとおびえる始末。

もうそんな日々はこりごりだった。

かといって、すぐに行動に移せるわけではなかった。僕は元々、慎重な性格なのだ。

慎重といえば聞こえはいいが、優柔不断で決断力がなく、逆に大事な場面では焦りすぎて正常な判断ができなくなったりもする。要するに、ただのポンコツだ。

イケメンでもなければ頭がいいわけでもない。他の人にないもので僕にあるものといえば、他人の頭上に恋人と別れるまでの日数が見える不思議な力くらいのものだ。

それだって、交際している相手がいるのか、いるとすれば何日後に別れるのかがわかるだけ。それが恋愛においてアドバンテージになるかは微妙なところだと思う。そもそも、僕なんかが七里さんに異性として見られているかどうかが怪しいところだ。スタートの時点でつまずいている。

七里さんにとって僕は、ただの友人である。いや、友人と認識されていればいい方だろう。僕が友人だと一方的に思っているだけで、彼女からしたら、たまに話すクラスメイトくらいの立ち位置かもしれない。気分が落ち込んできた。

考え始めると、僕の思考はどんどんネガティブな方向に突き進んでいく。

けれど、このままでは何も変わらないこともわかっている。

もうすぐ夏休みが始まる。授業がないのはとても嬉しいが、七里さんと会えなくなってしまうのは残念だ。今までは彼女の頭の上の数字を定期的に見ることができていたけれど、それもできなくなる。

夏休みの間に、七里さんに新しく恋人ができたとしても、それがわからない。誰かと楽しそうに話しているかもしれない。二人きりで出かけていい雰囲気になっているかもしれない。恋人になったその男と手をつないで街を歩いているかもしれない……。

いや待てよ。そいつ誰だ。

七里さんと会えない間、そんな負の妄想がずっと脳裏に居座っているのだろう。

このままでは苦しい夏休みを迎えることは明白だ。

「そろそろ夏休みだね」

偶然七里さんと会話をする機会があり、無難な話題を振ってみる。

「楽しみだね。長い間、みんなに会えなくなっちゃうのは寂しいけど」

「七里さん、仲良い人多いもんね」

「うん。もちろん、橋田くんもその中に入ってるよ」

ドクン、と心臓が鳴る。

言葉通りに解釈するのであれば、夏休みの間、僕と会えなくなるのは寂しいと言っているのだ。

七里さんは僕のことを、少なくとも大切な友人としては認識してくれているようだ。

僕の中で、七里さんに対する気持ちは、どんどん大きくなっていった。

七里さんともっと近づきたいと思ったし、自分の気持ちを伝えて、友達以上の特別な関係になりたいと思った。

けれど、そういうふうに気持ちを自覚したところで、今まで異性と、いや、他人と積極的に友好的な関係を築こうとしてこなかった僕は、何をどうすればいいのかわからなかった。

少し考えた結果、一人で考えてもどうにもならないだろう、という結論に達する。

僕はなけなしの勇気を振り絞って、脩平に相談することにした。勇気を出してすることが友人への相談というのがなんとも僕らしい。けれどそれは、とても大きな一歩だ。

「脩平さ、ちょっと聞いてほしいことがあるんだけど」

昼休み。僕は脩平に話しかける。

「お、柾人が相談なんて珍しいな。どうした？」

僕の方を見た脩平は、心なしか、生き生きしているような気がした。

たしかに、今までの僕は、自分の内面をまったくと言っていいほど他人に打ち明けてこなかった。一番の友達である脩平に対しても。

「うん。実は、好きな人がいるんだ」

余計な間をとってしまうと、一生言えなくなってしまうような気がして、準備してきた原稿を読み上げるように、僕はストレートに宣言した。

すぐに顔が熱くなり、心臓の動きが速くなる。目が回ってきたような気もする。手汗まで出てきた。

「なるほどなるほど。好きな人がいるのか。……って、え!? お前それマジか！」

お手本のような驚き方をされた。

「ちょ！　声が大きい！」

僕は、身を乗り出してくる脩平の頭をグイっと押し返す。頼むから今は目立たないでくれ。

慌てて七里さんの方を横目で見る。幸い、彼女も友人たちと話していて、僕たちの会話の内容には気づいていないようだ。せめて彼女がいないところで話すべきだったかと後悔する。が、時すでに遅し。

「悪い悪い。ちょっとびっくりしちまった。それで、その好きな人ってのは？」

脩平の瞳がキラキラしている。楽しそうだなこの野郎。

「うん。七里さん」

僕は小声で言った。

ここまできたら何を言っても同じだと言い聞かせ、秘密にしていた片想いの全部を打ち明ける。

「ほーん」

脩平は七里さんの方へ視線を向ける。

「バカ！　見るな！」

僕は脩平の頭を机に押さえつけようとする。

ほーん、じゃないだろ。

やっぱり、こいつに話したのは失敗だったかもしれない。

4

「というわけで、七里さんと距離を縮めたいし、ゆくゆくは告白……的な、そういうアレをしたいと、思ってて……でも、僕はあんまり恋愛とか得意じゃないからさ、自分一人で頑張ったらたぶん間違った方向に突き進んじゃうと思うんだよね。だから色々と、アドバイスみたいなものとかもらえたらと思って」

しどろもどろになりながらも、なんとか考えていることを口に出す。告白的なアレってなんだよ。

「そうかそうか。柾人がねぇ。へぇ～。嬉しいねぇ」

楽しそうな口調で脩平が言う。ニヤニヤしやがって。まあ、想定内だけど。

「なにその親戚のおばちゃんみたいな反応……。真面目に相談してるんだけど」

僕は文句を言う。

「わかってるって。でも、俺も別に、アドバイスなんてできる立場じゃないぞ。あー……ただ、一つだけ言えることがある」

「何？」

僕は期待の眼差しで腕組みをする脩平を見た。その表情には自信があふれている。持つべきものは恋愛強者の友だ。

「考えるな。感じろ。そして、当たって砕けろ」

ドヤァ、という効果音が流れてきそうなくらいの、満面のドヤ顔だった。

「いや、砕けたくないんだけど」

僕は大きめにため息をついた。どうやら、相談する相手を間違えたらしい。忘れていたけれど、脩平は、ありのまま生きていても女子の方から言い寄られるような人間だった。僕とは違う世界で生きているのだ。どうしてそんなやつが僕と友達なのだろう、と改めて思う。

「ははは。冗談だって。まあ、真面目な話をすると、しっかりと相手のことを見るってのが大切だな。一緒にいることが当たり前になってくると、それが案外難しいんだ。説得力があるだろ？」

脩平は中学のときから付き合っていた吉見さんと、少し前に別れている。それを踏まえた上で僕にそう言ってくれているのであれば、やっぱりすごいやつだと思う。

しっかりと相手のことを見る。一緒にいることが当たり前になってくると、それが案外難しい。

それはたしかに有益なアドバイスのような気がするけれど……。

「それはなんというか……どっちかっていうと、恋人同士になった後の話のような気がする」

付き合うまでは普通に告ればいけるっしょ、みたいな顔で言われても……。

「そうかもしれないなー。でも、付き合うことが目的になるのはダメだ。大事なものを見失っちまうからな」

核心を突いているように聞こえるけれど、結局、どうすればいいのかはよくわからない。具体性に欠ける助言だった。

「その、大事なものって？」

「大事なものは大事なものだ。それ以上でもそれ以下でもないだろ」

きっと、脩平のアドバイスが下手とか、僕の理解力がないとか、そういうことではなくて、恋というものが難解すぎるのだと思う。僕は途方に暮れた。

「大事なものは大事なもの……ね」

口に出してみても、よくわからなかった。きっとそれは、実体のない、目に見えないものなのだ。

「まあとにかく、俺は応援するし協力もする。親友のためだしな。なんでも遠慮なく言ってくれ」

修平はそんな感動的な台詞を吐きながら、再び七里さんの方に顔を向けようとする。

「うん。ありがとう。助かるよ。すごく心強い」

僕は慌てて、ぐぐ、と、修平の頭を元の位置に戻しながら言う。

「いやぁ、柾人が恋愛に興味を示したことが嬉しくて嬉しくて。むしろ全力でサポートさせてほしいくらいだ」

「修平は僕をなんだと思ってたの？」

「んー、仙人？」

「仙人って……」

喜べばいいのか嘆けばいいのか、反応に困るコメントだった。

「おっと、そろそろ授業か。次は数学だっけか？」

時計をチラっと見た修平は、教科書やノートを机から引っ張り出す。その教科書に、何枚もふせんが貼られているのが目に入った。

「修平、なんか最近、勉強に気合入ってない？　そういえば、課題もちゃんとやってくるようになったよね」

よく僕の解答を写していた修平が、ここ最近は自力で課題をこなしてくるようになった。何か心境の変化でもあったのだろうか。

「もう二年の夏だしな。部活が忙しいとはいえ、受験も意識してかねぇと」

少し前の彼からは想像もつかない台詞が出てくる。

部活動が休みになるテスト直前こそ、勉強はある程度しっかりやっていたイメージはあったが、普段の予習復習は限界ギリギリまでさぼっていたはずだ。それに、脩平から進路の話はあまり聞いたことがなかった。

「何か悪いものでも食べた？」

「そんな心配そうな目で見るなよ。失礼だな。……ただ、同じ大学に行きたいだけだよ」

「ああ。そういうこと」

誰と、とは尋ねない。珍しく照れている脩平の顔を見れば、僕でもわかる。

脩平が現在交際している女性は、とても頭の良い人だと聞いている。そんなところを好きになったのだとも。隣に並んでも恥ずかしくない人間になりたいと思うのは当然のことだ。

「今の成績だとかなりきついと思う。でも、目指すだけならタダだし」

言い訳するみたいに早口になる脩平がなんだかおかしかった。

「脩平なら大丈夫でしょ」

本心から出た言葉だったけど、口に出してから恥ずかしくなってくる。

「そうか？　じゃあ、そういうことにしとくか」

脩平も少しはにかむように笑う。

そこでチャイムが鳴り、授業が始まった。

恋で人は変わる。

きっと、僕も変わったのだろう。

七里さんのことを好きになって、少しずつ、でも確実に、僕は変わってきた。

たぶん、これからも変わっていく。

ただ、好きでいるだけの、叶わないことが前提の恋でいい。

ついこの前まではそんなふうに考えていたのに。

今では、彼女の隣にいたいと、もっと近づきたいと、贅沢なことを望んでいる。

行動することには相変わらず臆病なままだけど、行動した先の自分が楽しみでもあった。

5

残り少ない一学期の日々で、僕は七里さんと接触する回数を増やした。会話も、できるだけ長く続けるように工夫した。僕にしては頑張りすぎているくらいに頑張った。

だけど、僕と七里さんの間の距離感は、ただのクラスメイトとしてのそれにすぎなかった。

せめて、個人的に連絡を取り合うくらいに親密になれれば、夏休みにも話せるチャンスがあるかもしれないのに……。

七里さんの連絡先は知っていた。

クラスのグループトークがあるおかげで、連絡先の交換をするまでもなく、七里さんを含めたクラス全員分に連絡を取ることが可能だ。

その点に関しては、同じクラスになったんだから仲良くやっていこうぜ、みたいな感じの雰囲気に感謝している。苦手だけど。

つまり僕は、七里さんに個人的に連絡をすることはいつでもできる状態にある。

けれど、できる状態にあることと、それを実際にすることとの間には、ヒマラヤ山脈くらいに高い高い壁があるのだ。その壁を飛び越えることも、ぶち破ることもできないまま、僕は無力感に打ちひしがれていた。

結局、他人との関わりを必要最低限にしか持ってこなかった僕には、積極的に誰かと親密になろうとすることなんて無理だったのだろうか。

無情にも、一学期の最後の日がやってくる。

終業式を行って、それで終わりだ。夏休みに突入し、僕は悶々としながら、後悔を抱えながら、長い夏を過ごすことになるのだろう。

特に進展のないまま夏休みを迎えてしまったら、長期休暇中に個人的な連絡を片想いの相手にするなんて大胆なこと、できるわけがない。

羽目を外しすぎないように、という担任の無難な言葉を最後に、一学期が終わる。

教室は解放感に満ちていた。

「よし。柾人、行くぞ」

「え？」

椅子を立った脩平に促され、わけもわからぬまま、僕は彼についていく。

七里さんが、友人と三人で話していた。いつも七里さんと昼ご飯を食べている女子たちだった。僕はどちらとも言葉を交わしたことはない。どちらかが彼氏の束縛が強い女子で、もう一人が好きな人からの返信が遅い女子だったはずだ。小野屋さんは別のクラスなので、その場にはいなかった。

スマホを見せ合う彼女たちの間で『映《ば》える』とか『可愛い』とかの単語が飛び交っている。どうやら、最近流行っているスイーツについての話らしい。

「お、スイーツの話？」

脩平が声をかける。どうやったらそんなにナチュラルに会話に混ざっていけるのだろう。何か、魔法みたいなものを使ったのだろうか。

「そ。これヤバくない？」

女子Aが、ケーキの画像を表示させたスマホを脩平に見せる。脩平だけに見せるには中途半端な位置にスマホを掲げているので、たぶん隣にいる僕にも見えるようにしてくれているのだろう。

ちゃんと画像を見るため、もう少し近くに顔を持って行こうとしたが、もしそうなかった場合に気持ち悪がられるおそれがある。は？　お前には見せてねーし。なんて言われたら僕のメンタルは間違いなく死ぬ。どうしたものか……。

「ヤバい。美味そう」

持ち前の卑屈さを発揮して固まっている僕に対し、脩平は自然にリアクションをとった。これがスクールカースト上位と下位の差だ。わかっていたけど悲しくなる。

「でしょでしょー！」

脩平から好意的な反応を得られたことに、女子Aははしゃいだような声を上げる。

「これは？」

女子Bが同じようにしてスマートフォンを見せてくる。僕は結局、申し訳程度に顔を近づけて画像を見る。こっちはパフェだ。これでもかとカラフルなフルーツと生クリームが盛られている。全部増しのラーメンかよ。

「美味そう……だけど、ちょっと量がきつそうだな」

脩平も僕と同じような感想を抱いたらしく、お腹辺りを押さえながら言った。

「はい、あたしの勝ち～」

嬉しそうな女子A。

「見た目は？　見た目だったらこっちの勝ちでしょ」

不満そうな女子B。

「ん～、決められん……。二人とも可愛いからな～」

「うちら自身の話はしてないから」

即座にツッコミが入る。これが陽キャのコミュニケーションってやつか……。怖い。

冗談でも、僕は女の子に面と向かって『可愛い』なんて言えない。

「そういえば七里って、スイーツ好きそうだよな」

今のやり取りを笑いながら楽しそうに聞いていた七里さんに、脩平が突然、そんなことを言い出した。

「好きだけど……。もしかして、太ってるって言いたいの？」

七里さんはちょっとズレた反応をしつつ、しかめっ面をして両手でお腹を押さえる。

可愛い。心の中でならいくらでも言える。

「いや、別にそんなことはないけど……」

七里さんの反応が予想外だったらしく、脩平は困ったように答える。

「ひどい！　これでもスイーツは一日二つまでで我慢してるのに！」

「ちょっと待って！　七里の我慢の定義がわからない」

「本当なら、お昼にプリン食べて、おやつにシュークリーム食べて、夜にモンブランとチョコレートケーキを食べる生活を保障することを定めた憲法を作りたいくらいだけどね」

「憲法の話になってるし。それならまずは総理大臣でも目指してくれ」

脩平が笑いながらツッコむ。どうして僕を差し置いて七里さんと楽しそうなやり取りをするんだ。新手の嫌がらせだろうか。

とりあえず、七里さんはスイーツが好きだということは伝わった。

「柾人もスイーツ好きだったよな」

みんなの会話を聞くだけしかできていなかった僕に、脩平が話を振ってきた。脩平がしようとしていることはなんとなく予想がついたけど……。ちょっと待ってほしい。心の準備をする時間をくれ。どうして先に言っておいてくれないんだバカ。

「スイーツね。まあ、野菜よりは好きかな」

脩平の質問に僕は答える。

いつの間にか女子Aと女子Bはいなくなっていて、その場にいるのは僕と脩平と七里さんだけになっていた。人間消失マジックか？

「スイーツと野菜比べんな。そんなん誰でもそうだろ」

「なんだと？　ベジタリアンに謝れ」

「あはは」

僕と脩平のやり取りに、七里さんが笑ってくれた。嬉しい。

「というわけで、せっかくの夏休みだし、スイーツを食べに行こうと思うんだが、どうよ」

脩平が提案する。それは完璧なまでに自然な流れだった。

「はい！　行きたい！」

七里さんがすぐに挙手をする。瞳の輝きがすごい。

「柾人は？」

うなずけ、という強い念の込もった瞳を僕に向ける。

「あ、うん。いいね」

お前はもう少し気の利いた返答ができないのか。このポンコツが。何がいいね、だ。何様のつもりだ。と自分自身を罵倒する。

「あれ、みっちゃんたちは？」

七里さんは女子Aと女子Bがどこかへ行ってしまったことに気づいて、周囲をキョロキョロ見回した。

「あの二人なら帰りの支度してるぞ」

　脩平が後ろの方を示す。

「わー、ホントだ！　置いてかれる！」

　七里さんはバタバタと帰りの準備を始めた。

「じゃ、スイーツの件はまたあとで連絡するから」

「わかったー。よろしくね、日野くん！」

　というようなことがあって、僕は七里さんとプライベートで出かける権利を得た。

　ナイスなアシストをしてくれた脩平を崇《あが》め奉《たてまつ》らなければ。

　あまりにもすんなりと決まったものだから、嬉しさよりも戸惑いの方が大きい。

「よし。セッティングはオッケーだな。あの二人には後日ジュースをおごるとして……」

　席に戻って帰る準備をしていると、脩平が言った。

「え、もしかして、打ち合わせとかしてあった？」

　脩平の発言で、ようやく女子Aと女子Bも協力者だったことに気づく。それはつまり、僕の気持ちも彼女たちにはバレてしまっているということで――。羞恥心がこみあげてくる。あんなに恋の話が大好きな二人だ。喜んで協力してくれたに違いない。

「まあな。だけど二人とも口は堅いから心配するな」

　本当だろうか……。

「それならまあ、いいんだけど……」

「というわけで、七里とのスイーツ会、頑張ってな。幸運を祈る」

「え？　脩平は？」

三人で行くって話じゃなかった？

「俺は適当に理由つけて当日は欠席だ。二人で楽しんでこいよ」

「待って。いきなり二人？　もし脩平が行けないってなったときに、七里さんも行かないって言い出したらどうするの？　それって完全に僕と二人で出かけるのは嫌だってことじゃん。魂が抜けて空高く昇っていくと思うけど、ちゃんと戻してくれる？」

「それは保証しかねるな」

「え、待って。本当に怖くなってきた」

早くも胃が痛くなってくる。

「まあ、でも、きっと大丈夫だと思うぞ。お前と七里、見てる限りいい感じだし。夫婦感すら出てる」

「ふ、夫婦？」

いきなり恋人を超えて？

「めっちゃ顔赤くなってる」

ウケる、と手を叩きながら脩平は笑う。ウケるな。

家に帰ると、僕と柾人と七里さんのグループトークができていて、日時や場所も決まっていた。すごい。いつの間に……。

出かけるのは一週間後だ。僕は卓上カレンダーに赤ペンで印をつける。

今年の夏は、今までと大きく違うものになるような、そんな予感がした。

6

片想いの女の子とスイーツを食べに行く。そんな一大イベントの二日前。

予定通り、脩平が七里さんに当日行けなくなったことを、僕たち三人のグループトークに投下する。

七里さんからは【残念。日野くんの分も食べてくるね】と返事があった。

七里さんのことだから、本当に二人分食べるつもりなんじゃなかろうか、と少し心配になる。

その返信内容からすると、僕と二人で出かけることが嫌ではないということらしい。

それだけでとても嬉しかった。我ながらチョロい。

そして二日後。

僕と七里さんはデートに出かけた。

デートだと意識してしまうと、緊張で五臓六腑《ごぞうろっぷ》を全部吐きそうになるので、二人で一緒に出かけるだけだと言い聞かせながら、待ち合わせ場所に三十分前に到着した。

服装はカーキパンツに白い半そでシャツ。決してお洒落《しゃれ》ではないが、変ではないはず……だと思う。

「ごめんね。待った？」

待ち合わせの時間の五分前に七里さんが現れる。

「ううん。僕が早く来すぎただけだから」

どうにかそれっぽい言葉をひねり出す。

当たり前だけど、七里さんも私服だった。クリーム色の長そでブラウスに、膝まで隠れるネイビーのスカート。

色合いは制服と似たり寄ったりだったにもかかわらず、印象は全然違った。軽くメイクもしているようで、いつもよりも綺麗だった。

たぶん、こういうときは褒めるべきなんだろうな……などと思いつつも、当然のことながら、僕の語彙に女性を褒める言葉など含まれていない。無念だ。

「それじゃ、行こうか」

「あ、うん」

僕たちは並んで歩き出した。七里さんが積極的に話題を提供してくれた。夏休みの宿題の進捗や、今年の夏の映画の話題作とか。

笑顔を振りまきながら、次々と話題を変えていく。どんな話をすればいいかわからない僕に気を遣ってくれたのかもしれない。

歩くこと数分。予定通り、絶対に僕一人では入れないような、それどころか、今までは認識の外側にあって入ろうとも思わないような、色も形も何もかもが甘さを表現しているようなパンケーキ専門店に到着する。

入店した僕は、全身で甘ったるさを味わっていた。その甘ったるさに圧倒されながら、僕たちは席に案内される。

予約もしていたのでばっちりだ。まあ、予約しておけってアドバイスくれたのは脩平なんだけど。

「わぁ……すごいね！」

感動するように店内を見回す七里さん。

「うん。甘さを司る神様が今にも降臨しそうだね。握手してもらわなきゃ」

場違いな空間を訪れてしまった不安と、好きな人といる緊張と楽しさで、情緒がぐちゃぐちゃになり、発言がいつもの三十倍くらい終わっている僕。

僕たちは向かい合って座った。

パンケーキといっても、様々な種類のものがあるらしく、メニュー表を見ているだけでも楽しい。悩んだ挙げ句、僕は宇治抹茶パンケーキを、七里さんは期間限定のフルーツパンケーキを注文した。

改めて店内を見渡す。さっきよりもほんの少しだけ余裕を持って観察できた。淡い色を中心にした内装はふわふわキラキラしていて、とてもお洒落だった。テーブルや椅子などは全体的に角が少なく、曲線を描くように設計されている。壁には芸能人のサインが貼られていた。僕でも知っているような有名な人のものもある。

照明の角度や色も工夫されている。柔らかい雰囲気作りに一役買っているようだ。僕みたいな人間には縁のない世界が、そこには広がっていた。

まだ何も食べていないのに甘いような気がしてきた。食べ切れるか心配になってくる。

「なんかこのお店、カップル多いね〜」

七里さんが周りを見ながら言う。

「そうだね」

店の客層は、半分が女性同士、半分がカップルだった。全体的に二十歳前後の若い人が多い。

「ハッピーな空間だね」

「うん」

肯定しつつ……。あの楽しそうな高校生カップルは13日後に別れるし、幸せそうな大学生カップルの男の方は三股してるよ。そう心の中で付け加えた。

「私たちもカップルに見られてるのかな？」

顔を少し近づけてきた七里さんが、目を細めながらささやくように言った。僕をからかおうとしているのだろうか。だとしたら百点満点中の五千億兆万点だ。

「さっ、さあ。どう……だろうね」

胸を高鳴らせつつ、何も気にしていないという表情を無理やり作って、僕は答えた。

それ以上、言葉が何も出てこないのは、脳内がパニックになっているからだ。

水を一気飲みすることでなんとか落ち着いて、僕は思う。

でも、そうか。七里さんは僕なんかとカップルに見られてしまっているかもしれないのか……。そんな彼女に対する罪悪感を、僕は必死で飲み下した。

思ったよりも早く、二人分のパンケーキが運ばれてくる。

「わ、美味しそう」

目を輝かせて、七里さんは言った。

触るまでもなくふわふわしていることが明白な、程よく焼かれた生地の上に、色鮮やかなフルーツがトッピングされている。見ているだけでお腹がいっぱいになりそうだった。

僕の方は、鮮やかな緑で彩られた宇治抹茶パンケーキで、こちらもかなりのボリュームがあった。

「それじゃあ、さっそくいただきます！」

七里さんはフォークとナイフを手に取る。

「写真とか撮らないの？」

ＳＮＳにアップするための写真を撮ることが、若い女性の間では義務化されているんじゃないかって誤解してしまうくらい、他のお客さんは運ばれてきたスイーツに対してカメラを向けていた。カシャ、という音が頻繁に鳴るせいで落ち着かない。

実は僕たちのことを撮影していて、そのうち『冴《さ》えない男が美少女と甘々パンケーキデート。釣り合いのとれてなさが今世紀最大級！』なんてタイトルで週刊誌に載せられてしまうのでは……などと、よくわからないことを考えてしまう。

「あ、やば、忘れてた！　でも私はもう食べる準備に入ってしまっているので、今回は食欲の勝利です」

そう言いながら、パンケーキを食べやすい大きさに切って口に運ぶ。どうやら七里さんはあんまりそういったことに興味がないようだった。きっとパンケーキも本望だろう。

「うっわぁ……。すっごいふわふわ」

頬に手を当てて幸せそうな表情をする。こちらまで幸せが伝染してくるようだ。

「こういうとこって、食べる前に写真を撮るのが絶対的なマナー、くらいに思ってたんだけど」

咀嚼する七里さんも素敵だな、などと思いつつ、僕はあえて食べずに、美味しそうにパンケーキを頬張る彼女をちらちらと盗み見る。

「え、そうなの？　あっま。めっちゃ甘い。美味しい。あっまい」

「さあ。僕もよく知らないけど」

僕はポケットからスマホを取り出してパンケーキを撮影する。

「あ、橋田くんの裏切り者！　私も実はこういうとこ来るの初めてだからな〜。ってか待って。このパンケーキ美味しすぎない？　あとその写真、あとで送っといて」

スマホをしまい、僕もパンケーキを食べ始める。本当は幸せそうな顔をしている七里さんを撮りたかったところだけど……。

「ん。本当だ。甘くて美味しい」

「でしょ！」

今までこういうお店に興味はなかったのだが、こんなに美味しいなら通ってもいいな、なんて思えた。

【どうだった？】

見張られていたかのように、僕が家に着いたタイミングで脩平からメッセージが届いた。

【マジで緊張した。食べたスイーツ全部吐きそう】

僕はそう返信する。

【ウケる】

一瞬で返信が来た。ウケるな。

思い返してみると、今日の僕はなかなかに酷かった。

会話も上手くできないし、七里さんの方を真っ直ぐに見られなくて、視線もずっと下の方を向いていた。無様な自分の言動を思い返したら、大声で叫びながら全力で走りたくなってきた。

良かったところといえば、パンケーキが美味しかったことくらいかもしれない。

もっと自然に話すにはどうすればいいのだろう。学校ではある程度自然に話せている……と思う。それは学校という場所だからであって、今日みたいにプライベートで出かけているときとは違うのだ。やはり、慣れなのだろうか。

会話は努力すればどうにかなりそうだ。でも、目を合わせられないのはまずい。七里さんの写真を壁に貼って、目を合わせる練習をする、という案を思いついたけれど、完全にヤバいやつだ。却下。

いつの間にか一人反省会が始まっていた。

よし。次はもっと頑張ろう。でも……次なんてあるのだろうか。

思い悩んでいると、スマホが震えた。

【今日は楽しかった。ありがと。また遊ぼうね】

そんなメッセージが七里さんから届いただけで、僕は反省会のことなんて忘れて舞い上がる。

嬉しかった。幸せすぎて、明日世界が滅んでしまうんじゃないかってくらい怖くもなった。大げさかもしれないけど。

7

そして僕は、七里さんとの距離を近づけていった。

八月。お盆前に水族館に行った。

「今日もあっついね～。電子レンジの中にいるみたい」

水族館の近くの駅で合流した七里さんが、言葉とは裏腹に暑さなど感じさせない爽やかな笑顔で言った。

連日の真夏日。太陽は容赦なく地球を照りつけている。電子レンジの中、という例えも的を射ているように思えた。

七里さんの今日の服装は、僕にとってかなり刺激的だった。首回りが緩めの白いTシャツに薄いベージュのカーディガンを羽織っている。下は生脚を大胆に出した短いデニムパンツ。全体的に露出が多い。

「そうだね。腕、まくれば？」

視線のやりどころに気をつけながら、僕は提案する。

「橘田くん、女の子の最大の敵って知ってる？」

「えっと……カロリーが高い美味しいスイーツとか？」

話の流れを無視した突然の出題に、僕はとりあえずそれっぽい答えを返す。

「惜しい。紫外線でした」

どうやら七里さんの中では、会話は繋がっていたらしい。……惜しくはないのでは？

「ああ、それで」

七里さんが長そでを着ているのは、日焼け防止のためみたいだ。脚とか首はいいのだろうか。

入場料を支払い、冷房の効いた館内に入る。

「涼しい～。天国みたい」

「そうだね。おさかな天国だ」

「え？」

「なんでもない」

渾身の一言は不発に終わった。魚を食べて頭良くなりたい。

僕たちは色々な水槽を見て回る。

「この水槽、魚いないね」

「本当だ。あ、でもこのピグミーシーホースってやつ、擬態するらしいよ」

僕は水槽に表示されている生物の写真と説明文を見ながら答える。

「なるほど。擬態かぁ」

七里さんは真剣な表情で水槽に顔を近づける。

「うん。でも、どこにいるんだろう」

僕も目を凝らして、擬態したピグミーシーホースを探すけれど、なかなか見つからない。

「見つけた？」

声のした方を見ると、七里さんの顔がとても近くにあった。心臓が止まりそうになる。本当に天国に行ってしまうところだった。僕がちゃんと天国に行ける良い子かどうかは知らないけど。

「あ……いや。全然見つからにゃい」

噛《か》んだ。

「にゃい？」

恥ずかしいから忘れてほしい。

「ちょっと相手の方が一枚上手だったみたい。次、いこっか」

「そだね」

七里さんはニコニコしながら僕の後ろをついてきた。

熱帯魚、サメ、くらげ、ペンギン。様々な海の生き物を眺めながら、僕たちは順路に従って歩く。

他人と一緒に水族館なんて来た経験がない僕は、展示ごとの適切な時間配分がどれくらいなのかわからない。ちょっとじっくり見すぎたかな、とか、さっきの水槽はもっとゆっくり見るべきだったかな、などと考えつつ歩を進めていく。

「わ。美味しそう」

七里さんが、水槽内で泳ぐマグロを見て呟く。

「その感想は違くない？」

美味しそうなのは刺身とかであって、生きたマグロを見ても美味しそうとは思わないのでは？

「え？　橋田くん、マグロ嫌い？」

あんなに美味しいのに、と顔に書いてある。

「いや。好きだけど」

美味であることは間違いない。

「だよね。私も好きなんだ」

心臓がドキッと跳ねる。落ち着け。マグロの話だ。彼女が好きなものはマグロであって僕ではない。

「美味しいよね」

「うん」

「とか言ってたらお腹空いてきちゃった」

えへへ、と笑う七里さん。

もしかして、水族館よりお寿司屋さんとかの方がよかっただろうか。

そんなことを思ったけれど、順路に従って水槽を一通り見終わったあと、イルカのショーで楽しそうにしていたので安心した。

「すご～い！」

七里さんは僕の隣で、イルカがジャンプする姿に、目を爛々《らんらん》と輝かせている。

「うん。すごいね」

僕はどちらかというと、イルカのジャンプによって水面から散る水しぶきが綺麗だと思った。

いつもそうだ。

花火が弾ける夜の空の暗さに、コーヒーの美味しい喫茶店に漂う甘い香りに、粉雪を揺らす冷たい風に、歌声を彩る楽器の音色に、僕は強く惹かれる。

主役ではなく、それを引き立たせるための背景や裏方が好きだった。

存在感はなくとも、それがあるのとないのでは、主役の価値が何倍も違ってくるような。

もしかすると、目立つことが好きではない僕は、そういうものにシンパシーのような何かを感じているのかもしれない。

「イルカってテレパシーが使えるんでしょ？」

息の合ったコンビネーションで跳ねる二頭のイルカを見ながら、七里さんが口を開く。

「テレパシーというか、超音波だね。人間には聞こえない周波数ってだけで、音波ではあるよ。それを骨の振動で受け取ってコミュニケーションをとってるんだ」

そこまで話してから、しまった、と思った。

七里さんは、そういう話がしたかったわけではないのだろう。それなのに僕は、彼女の何気ないひと言にきっちりと答えを返してしまった。恋愛に疎い僕でも、この返答はよくないということはわかる。女性は共感を求める生き物だって、どこかの誰かが言っていた。

「へぇ～。すごいんだね」

だから僕の話を聞いた七里さんが、上辺だけではなく、本当に感心したような口調だったことに、僕は幾分か安堵した。

「うん。イルカはすごく賢いんだ」

今度はただ肯定するだけに留《とど》めておく。余計なことは付け足さず。

「あ、違う違う。イルカもすごいけど、私がすごいって言ったのは橋田くんだよ」

「え?」

「橋田くん、すごく物知りだなーって思った。新しいことを知れて、世界が広がったなーって」

「そんな。たいしたことじゃないけど……。七里さんがそう思ってくれたのなら、すごく嬉しい」

「うん。だから、これからも色々と面白いことを教えてね」

今まで見た中で最上級の笑顔に、僕は思わず見とれてしまう。

これからも、というのは、また二人で出かけよう、ということだろうか……なんて、いつもはネガティブな僕が都合よく解釈してしまうくらい、七里さんの笑顔には威力があった。


その二週間後。僕は七里さんと映画を観にいった。

水族館に出かけた日の夜。【今日は楽しかった】という無難な文に加えて【またどこか行こう】という、勇気を振り絞りまくってなんとかひねり出した一文を追加したメッセージを送ると、七里さんから【うん。いこう！】という返事が返ってきた。

僕は有頂天になって、それが社交辞令である可能性を考えずに【いつにする？】なとど、ぐいぐい食いついてしまった。思い返してみても完全にバカ野郎だ。浮かれやがって。

けれど、今まで他人と関わることに消極的な人生を歩んできた僕には、それくらいがちょうどよかったのかもしれない。

それから何往復かメッセージをやり取りして、映画を観にいくことが決定した。

約束の日までの時間を、僕はそわそわしながら過ごす。楽しみにしていることがあると、時間の流れはとても遅く感じるらしい。

待ちに待った当日。私服姿の七里さんと二人で会うのは三回目だけど、まだ直視できない。一生慣れることはないかもしれない。

「どうしよっか。何か観たいのってある？」

隣町の大きいショッピングモールにある映画館の前で、僕たちは話していた。

何を観るかを決めずに当日を迎えたけれど、よく考えたらそういうのはいくつかプランを用意しておくものだったんじゃないかと気づいて、僕はまあまあ焦っていた。

どうしよう。

「ん〜。これかこれだったら、どっちがいい？」

七里さんが交互に指をさしたのは、流行中のミステリー映画と、海外のアクション映画。

「迷うなぁ。じゃあ……こっちかな」

と、僕はミステリーを選択する。

「わかった。じゃあこっちで」

と、七里さんは僕が選ばなかったアクションものを指さした。

「ええ？　なんで？」

「こっちが、橋田くんが普段観ない方ってことでしょ？」

その説明だけでは不十分だったけれど、七里さんの言いたいことはなんとなくわかった。

いつもおんなじじゃつまらないでしょ。冒険してみようよ。

きっとそういうことなのだろう。

それに、言われてみればアクションものを観たい気もしてきた。うん。たまには冒険してみるのも悪くない。

タイミングよく、すぐに上映される回があったため、急いでチケット売り場に並んだ。

ポップコーンと飲み物も買って劇場に入る。

映画が終わると、僕たちはちょっとお洒落なカフェに入って感想を言い合った。

「やー、超ダンディだったね」

「何、その感想。まあ、ダンディだったけど」

ハードボイルドな作風とでも言えばいいのだろうか。友情と信頼で固く結ばれた二人の主人公が格好良く描かれていて、終盤の緊張感のあるアクションシーンも素晴らしかった。

「でしょでしょ。あとさ、最後の方！　四階から飛び降りるやつ、すごかったね。普通なら死んじゃうよ」

敵に追い詰められた主人公のうちの一人が窓から飛び降りるシーンだ。下にはもう一人が用意したトラックとマットがあり、そこから主人公たちの逆転劇が始まるわけだが、二人の息の合った動きに胸が熱くなった。

「ああ、あれはすごかったね」

「だよね！　あ、あとさあとさ――」

目をキラキラさせながら、いつもよりも饒舌《じょうぜつ》になる七里さんに、思わず頰が緩んでしまう。

好きな人と楽しさを共有できたことが、たまらなく嬉しかった。

8

二学期に入ってからも、僕は七里さんに積極的に話しかけた。二人きりで三回も出かけているのだ。会話をすることくらいなんでもない。上手く話せているかどうかは別として。

放課後に一緒に帰ったり、中間テストのための勉強を一緒にしたり、休日に遊びにいったりした。

球技大会では、今年も脩平と同じチームでバスケに出場した。結果は準決勝敗退で、脩平は悔しがっていたけれど、僕は七里さんに「見てたよ。格好良かった！」と言われて舞い上がっていた。

七里さんも、さすがに僕の気持ちに気づいていたと思う。僕ももう、好意を隠そうとはしなかった。ここまできたら、もうどうにでもなればいい、という投げやりな気持ちもあった。

避けられることもなかったし、嫌そうにしている様子もなかった。少なくとも、僕の前ではだけど。

「なんか、前よりいい感じじゃね？」

という、脩平からのお墨付きももらった。

数ヶ月前は想像すらしていなかった、キラキラした青春というやつを、僕はたしかに過ごしていた。

七里さんと話すたびに、七里さんの笑顔を見るたびに、僕は彼女に強く惹かれていった。

いつの間にか、もっと近づきたいという気持ちが、臆病な気持ちを上回っていた。

七里さんと恋人になりたいと、僕は強く望んでいた。

外堀を埋めること、約三ヶ月半。

秋の終わりを感じる十一月のある日。

僕は放課後、七里さんを呼び出した。

場所は、特別教室棟の四階、西の端。ルーフバルコニーのようになっている屋上庭園。

僕たちが初めて会った場所だ。校内でかくれんぼをしていた七里さんを、倉庫の屋根に匿ったことを思い出す。

大事な話がある。そんなメッセージを送った。それだけで、僕が告白をしようとしていることは伝わっただろう。それでいい。臆病で優柔不断な僕は、自ら退路を断つくらいがちょうどいいのだ。

僕がそこに到着してから五分後。七里さんはやって来た。

彼女も緊張しているのか、表情が少し硬くなっているのがわかる。

「……えっと、話って？」

七里さんが、おそるおそる僕を見る。

さっきまで深呼吸をしていたはずのに、まったくその効果が見られない。心臓が三倍速くらいで早送りされているみたいだった。

嘘偽りのない、ありのままの気持ちを伝えようと、僕は口を開いた。

「七里さんのこと、ずっと前から……その、いいなって思ってました。もしよければ……僕と、付き合ってくれませんか？」

七里さんに告白した。

半年前の僕からは、絶対に想像もつかない大冒険だ。

叶うはずがないと思っていた恋。

ただそっと見ているだけの、失恋が決まりきっていた恋は、いつのまにか動き出していて――。

気がつけば、こんなところまできていた。

行動するつもりもなかった臆病な自分は、もうどこにもいない。

勝算なんてなかった。

けれど、心の端っこでは、きっと成功すると思っていた。

確実に七里さんとの距離を縮めてきた。少なくとも、僕に対して好感は持ってくれているはずだ。まったく興味のない人間と、何度も二人きりで出かけたりはしないだろう。

別のどこかでは、絶対に無理だと思っていた。

僕はしょせん、なんの取り柄もない影の薄いクラスメイトだ。少し仲良くなったからといって、恋人としてアリかどうかはまた別の話。勘違いするのもいい加減にしろ。

そのどちらなのかを確かめるために、僕は七里さんに気持ちを伝えて、交際を申し込んだ。

十秒にも満たなかったはずの返事を待つ時間が、永遠にも感じられた。

「はい。私でよければ……よろしくお願いします」

頭を下げていたせいで、七里さんがどんな表情をしているかわからなかった。けれどたしかに、それはＯＫの返事だった。僕の幻聴でなければ。……幻聴じゃないよね。

ゆっくりと顔を上げると、頬を朱に染めて上目遣いで僕を見る彼女の姿があった。

こうして、僕の初恋は実を結んだ。

生きてきた中で一番嬉しかった。

その嬉しさは、一瞬で霧散した。

緊張が解けて、全身から力が抜けて、気が緩んでしまった僕の視界に映ったのは——。

「どうしたの？」

僕の初めての恋人が、可愛らしく首をかしげる。

「……いや。ちょっと、嬉しすぎて、感情がついてこないだけ」

頭が真っ白になる。

自分の声が遠く聞こえる。

「ふはっ。橘田くんって面白いね」

「七里さんほどじゃないよ」

どうにか自然に苦笑を浮かべながら、彼女の頭の上に出ている数字をもう一度見て――。

僕は深く絶望していた。

君との恋の終わりなんて、見えなくてよかったのに。

第4章　どれだけ彼女を想ってみても。

1

「橋田くん、おはよ」

七里さんと恋人同士になった翌日。教室に入って来た彼女は、僕に笑いかける。今までもあいさつくらいはしていたが、今日のそれには親密さが込められているような気がした。

「おはよう」

「どうしたの。寝不足？」

僕が眠そうにしているのが伝わったらしい。七里さんは心配そうに僕を見る。

「うん。なんか嬉しくなっちゃって、眠れなくて」

「ふふ。そっか。私と一緒だ」

僕の彼女は小声でそう言うと、天使みたいに微笑んで、友人たちの輪に入っていく。

眠れなかったというのは本当だったが、残念ながら嬉しさのせいではなかった。

これからどうすればいいのか、どうするべきか、僕はずっと考えていたのだ。

昨日、告白をしてＯＫをもらったとき、七里さんの頭の上に見えた数字は４０だった。そして今日はもう、３９になっている。

僕は気を抜いていた。恋人と別れるまでの日数が見える不思議な現象のことなど、完全に忘れていた。

情けないことに、自分に恋人ができたときにも適用されてしまうということに思い至らなかった。というよりも、正確には、自分に恋人ができるなんて事態を想定していなかったのだ。

一世一代の告白にOKの返事をもらい、死ぬほど喜んで舞い上がっていた僕は、一瞬で地面に叩き落とされた。三秒にも満たない、儚い幸福だった。

数字が視界に入ってこないようにコントロールもできたはずなのに、意識から漏れていた。

いっそ、見なければよかったとも思った。けれど、どうせどこかのタイミングで見えてしまっていただろう。だったら、少しでも早く知ることができてよかったではないか。そう言い聞かせてみたけれど、なんの慰めにもならなかった。

それに、数字を見てしまったことよりも、その数字が問題だった。

40。

それが、僕と七里さんが恋人でいられる日数であり、別れるまでのカウントダウンだ。

高校生同士の恋愛では、一ヶ月や二ヶ月で別れるカップルも珍しくない。

そういう人たちは、恋愛をしている自分が大好きなだけだ。付き合っている間はSNSなどで周囲にアピールをしたがるくせに、別れてすぐに次の相手を探し始める。話題のドラマや小説、音楽を浅く消費して、人気なものや流行が大好きなタイプ。恋愛なしでは生きていけないような人たちだ。完全に僕の偏見だけど。

今まではそういう、インスタントに恋愛を楽しむ人たちのことを、心のどこかで見下していた。すぐに別れるのなら、最初から付き合わなければいいのに、と。たぶん、嫉妬とか羨望とか、そういう醜い感情も混じっていた。

しかし今は、僕自身が40日で別れるという事実を突きつけられてしまっていた。

もちろん、僕はそういう人たちと同じように、ただ恋愛がしたくて七里さんと付き合い始めたわけではないし、一途に七里さんのことを好きでいる。

だとすると、僕が考えるべきことは一つだ。

七里さんの気持ちが離れていかないようにするためには、どうすればいいか。

僕は昨日からずっと、頭を悩ませていた。

恋愛経験値が皆無と言っていい僕が頭を悩ませたところで、出てくるものなど何もないのだが。

いつの間にか、朝のホームルームが始まっていた。

七里さんの頭上に視線をやる。

３９という数字が、変わらず見えた。

僕のこの力には、いくつかの疑問点があった。

まず、数字が０になるのは恋人との関係が終わる日。そして、その日の中でも、終わる瞬間までは頭上の数字は０であり、実際に恋人関係が解消されることで数字は消滅する。ここまでは問題ない。

では、恋人との関係が終わる、というのは、正確にはどういう状況のことを指すのか。

別れ話をする、というのが一般的な恋人の終わり……だと思う。夫婦の場合は離婚だろうか。

「私たち、もう終わりにしましょう」「うん。そうだね……」と、双方とも下を向きながら目を合わせずに会話をする。というのが、恋愛力の貧困な僕が想像できる破局の流れだ。

実際はどうなのかわからない。今どきの高校生だと、スマホのメッセージアプリで別れ話をしたりするのだろうか。

他に好きな人ができたから。

価値観が合わなかった。

日常のすれ違いが重なって。

そういった理由で、人々は恋を終わらせる。

恋人関係の解消の定義について、さらに細かい疑問もある。

自然消滅の場合は？　片方が納得していない場合は？　夫婦の別居の場合は？

どのタイミングで数字が消滅するのか。もしくはしないのか。

この辺りは、考えてもわかる気がしない。悩んでも無意味だろう。

次。死別はどのような扱いになるのか。

これについては、答えが推測できる。

交際している二人の、どちらかが亡くなったとき、残された方の数字も一緒に消える。そう考えて間違いないはずだ。

桁の大きい同じ数字を頭上に浮かべる夫婦をよく見る。僕の両親もそうである。

数字の大きさが同じというのは夫婦なら当たり前なのだが、ポイントは大きな数字というところだ。これは、どちらかが死ぬときまで二人の関係は続くという意味だろう。ということは、残された方も、もう片方と同時に数字は消えることになる。

最後。これが一番重要だ。

頭上の数字は変動するのか。

例えば、恋人と上手くいっていない人間がいて、別れるかどうか迷っているとする。

天秤は別れる方に傾いていて、このあと恋人と別れ話をしようとしている。その人に対し、第三者が思いとどまるように言うことで、天秤は逆に傾き、交際は継続する。

そんな一連の出来事があるとして、第三者の介入の前後で、数字は違うものになっているのだろうか。

人の気持ちなんてものは、目に見えない微妙なバランスで保たれている不確かなものので、何をきっかけに変化があるかわからない。

この問題に対して、僕は一つの仮説を立てた。

交際中の人間に介入する第三者が、もし僕以外の誰かであれば、頭上の数字は元から違う数として見えているはずだ。よって、変動はない。

しかし、僕は違う。なぜなら、僕には数字が見えていて、その数字によって行動を変えることができるからだ。

つまり、僕が普段はとらない行動をとることで、七里さんの数字が増減する可能性は、なくはない。

極端な例を出すと、まだ数字の大きいカップルの片方を、僕が殺害する。そうすると、数字はその瞬間に消滅するのだろうか。

このくらいなら、確かめることができると思う。

もちろん、誰かを殺害するわけではない。もっとマイルドな方法を考えている。

申し訳ないけれど、何人かに実験台になってもらうことにした。

2

同じクラスに、河本くんという男子がいる。野球部で、お調子者で、目立ちたがり屋。ほとんど話したことはない。

彼は現在、隣のクラスの佐久間《さくま》さんと付き合っている。特に本人たちに隠してもいる様子はない。僕ですら知っているのだから、まあまあ有名なカップルのはず。二人が付き合い始めたのは、今年の五月の連休中だ。

佐久間さんは清楚系女子で、学年でもトップレベルの学力を持っている。才色兼備で高嶺の花といった感じの女の子だ。たしかに彼女は、ハッと息をのむような綺麗な人だった。

河本くんは入学時に佐久間さんに一目ぼれをし、何度もアタックをしてきた。しかし佐久間さんは、嫌そうにはしていないまでも、なかなか隙を見せない。しかしそれでも、河本くんは諦めずにアプローチを続けた。

そしてついに今年の春。河本くんは一年以上の片想いを実らせた、というわけだ。

僕は数字のおかげで、河本くんに恋人ができたことは早い段階で知っていたけれど、相手が佐久間さんであることは後から脩平が教えてくれた。脩平は河本くんと同じ中学出身で、それなりに仲が良い。

最近、河本くんと佐久間さんは学校でもよく一緒にいて、二人からは幸せそうなオーラが出ている。

しかし、このカップルには一つの問題があった。

河本くんの頭上に出ている数字は、220。

佐久間さんの頭上に出ている数字は、220。そして、37。

つまり、佐久間さんは浮気をしている。人は見かけによらないものだ。なんてことは、僕は昔から知っているけど。

そして僕は、佐久間さんの浮気相手も知っていた。

僕のクラスで生物の授業を受け持つ男性教師、長嶋の頭上にも37という数字がある。彼にもう一つ大きい数字があるのは、おそらく奥さんとのものだろう。

長嶋が浮気をしていたことはかなり前から知っていたが、浮気相手が佐久間さんだということには、少し前に気づいた。

偶然、街中で二人が一緒にいるところを見てしまったのだ。もしやと思い、数字を見てみると、同じ数字が浮かんでいたというわけだ。

このままだと、佐久間さんと長嶋は37日後に別れ、佐久間さんと河本くんは220日後に別れることになる。

しかし、僕がここで行動を起こせば、何かが変わるかもしれないのだ。

なんて、ちょっと格好良いセリフ風に言ってみたけれど、やることは他人の恋愛関係に首をつっこむという、下賤《げせん》な行為だ。

行動するなら早い方がいい。僕には時間が残されていなかった。

さっそく、翌週の月曜日の放課後、河本くんを教室に呼び出して、佐久間さんが浮気をしていることを教えてみた。

「橘田。大事な話ってなんだ？　まさか告白か？　残念ながら間に合ってるんだ」

などとおどける河本くん。お調子者だけど努力家で、クラスの人気者だ。

そんな河本くんに、僕は今からとても残酷なことをする。

「いや。言おうかどうか迷ってたんだけど、実は僕……先週の放課後に見ちゃったんだ」

「見ちゃったって、何をだよ」

真面目なトーンで話す僕に、河本くんは笑顔を引っ込めて怪訝な表情で尋ねる。

「夜、佐久間さんが長嶋先生と二人で手をつないで歩いてた」

言い終わった瞬間、ぶん殴られた。

「言っていい冗談とそうじゃない冗談があんだろ！」

激高した河本くんは、床に倒れ込む僕のことを、キッとにらみつける。

残念ながら冗談ではなかった。二人が一緒にいたのは本当だ。見たのは先週ではないし、手をつないでいたというのも嘘だけど。でも、それくらいの嘘は目をつぶってほしい。

まあでも、そりゃそうだよな。僕だって普段あまり話さない人から「七里さんが男の人と歩いてた」なんて言われたら怒るし。殴りはしないけど。

さて。数字はどうなっただろう。

「……」

僕は河本くんの頭の上あたりを見て目を凝らし――口の端をゆがめた。

「な、なんだよ、お前……。気持ちわりぃな」

河本くんは恐怖と戸惑いの混じった瞳で僕を見ると、そそくさと去って行った。殴った相手がニヤけ出したのだから、気持ち悪く思うのも当然かもしれない。

痛む頰を押さえながら、僕は立ち上がった。

さて。帰るか。

学校から帰宅し、自分の部屋に入ると「ふふっ……」と、堪《こら》えきれなくなった笑いが僕の口から漏れた。殴られた頰が痛む。運動部の拳は痛い。

でも、僕はたしかに見たのだ。河本くんの頭上にある数字が変化するのを。

220となっていた数字は、僕が殴られたあとに、180となっていた。

数字は増減する。

運命は変えられる。

僕にはまだ、七里さんとの幸せな未来をつかみ取るチャンスがある。

翌日。河本くんの頭上の数字は179になっていた。

佐久間さんの方も確認した方がいいだろう。彼女は別のクラスなので、わざわざ別の教室に向かう。教室の後方のドアから、佐久間さんの姿を見つける。頭上の数字は……179と3。

220と37だった数字が、179と3になっている。

念のため、長嶋の数字も確認したところ、しっかりと3になっていた。

そこで僕はあることに気づく。

佐久間さんの浮気相手が本当に長嶋だとは限らなかったのではないか。

今はこうして数字の増減によって確認することはできた。けれど昨日の段階では、二人とも浮気をしていて、同じ数字があるということしかわからなかった。

たしかに二人で歩いているところを見た。浮気である可能性は高かった。しかし、それが百パーセント確実なのかと言われるとうなずくことはできない。

一度それらしい想像をすると、それが真実だと思い込んでしまうのは、僕の悪い癖だった。

今回は僕の想像は当たっていたようで、佐久間さんは長嶋とは３日後に、河本くんとは１７９日後に別れるようだ。

昨日の僕の発言によって、心配になった河本くんが佐久間さんに事実確認をする。佐久間さんはそれを誤魔化すのか、それとも認めるのかはわからないが、３日後に長嶋との関係は解消される。そして、河本くんともしばらくしてから別れる。そんなストーリーが想像できる。

まあ、過程はどうでもいい。大事なのは、僕が何かアクションを起こすことで、数字が変わり得るということだった。

3

翌日。

七里さんの頭の上の数字は３５になっていた。このままでは、約一ヶ月後に僕と彼女は別れることになる。

でも、この未来は変えることができる。

深い絶望の中で、一筋の光を見出《みいだ》したような気持ちになっていた。

昼休み。七里さんと付き合い始めたことを、脩平に報告した。恋人ができたことを人に話すのは初めての経験で、くすぐったいような、恥ずかしいような、変な感じだった。

もちろん、数字のことは伏せておく。脩平には、純粋に嬉しい話として知らせたかった。

「そうか。めでたいな」

僕が慣れない報告を終えると、脩平は特に驚く様子もなく、だけど嬉しそうに言った。好きな人ができたという話をしたときに比べて、あっさりとした反応だったのが気にかかった。

「それだけ？」

「ん？」

「もっと驚かれるかと思ってたから。なんか拍子抜けした」

おめでとう！　やったな！　今夜は赤飯だ！　などと教室に響き渡るレベルの大声で言われるくらいは想定していたので、脩平の口を塞ぐ準備をしていたのに。

「むしろ、やっとくっついたかって感じだよ。俺は最初から上手くいくと思ってたからな」

脩平は苦笑いを浮かべる。

「なんでだよ」

「見ててそう思った」

「フィーリングじゃないか……」

そんなこと、あとからならいくらでも言える。けれど、脩平はそういう意味のないことは言わない男だ。本当にそう思ってくれていたのだろうか。

「そもそも恋愛なんてフィーリングだろ」

「そうなの？」

「そうだよ。お似合いのカップル、とかよく言うだろ。ああいうの、雰囲気とか見た目とかで言ってるわけだし。柾人と七里なら、ばっちりだ」

「そりゃどうも」

残念ながら、脩平の見立ては間違っている。なぜならば、僕たちはおよそ一ヶ月で別れる運命にあるのだから。

そしてその運命を、僕は今から変えようとしている。

放課後。僕と七里さんは図書室で待ち合わせて、少し勉強してから一緒に帰ることになっていた。僕も七里さんも部活動には所属していない。そのため、放課後は自由だった。

少し勉強してから帰るのは人目を避けるためであり、人目を避けるのは、他の生徒に僕たちが付き合っていることを知られたくないからだ。

「七里さんは、僕たちが……その……付き合ってること、誰かに言った？」

帰り道で僕は切り出した。こうして、僕たちの関係性を実際に口に出すと恥ずかしい。

「まだだけど。どうして？」

「あんまり周りに知られたくないというか……」

周りに知られたくない、というのは、少し違った。

ただ、僕のような目立たない暗い男子と付き合っていることで、七里さんの評価が落ちてしまうのが嫌だったのだ。

中学生や高校生は、交友関係が一種のステータスであると認識しているようなところがある。交際相手というのはその最たるものだ。

僕自身はそういう風潮に対してどちらかというと否定的で、誰が誰と仲が良くても、誰と付き合っていたとしても、その人はその人だと思っている。

けれど、影響を与え合うこともあるし、その人の交友関係も含めてその人が成り立っているという考え方も理解はできる。

サッカー部でイケメンの男子が、とても華やかとは言えない地味な女子と付き合っていることを知って、意外だな、くらいは思ったりもしてしまうわけで。

つまり僕は、七里さんに対する風評被害を恐れている。あんな冴えない男と付き合ってるなんて……と言われてしまうのが怖いのだ。

もしこのまま僕たちが３５日後に別れるとして、誰にも知られていなければ、僕と七里さんが付き合っていたという事実は、ほとんどなかったことになる。

本心では、胸を張って堂々と彼女の隣にいたいと思っている。今の僕は、それができるような人間ではないというだけだ。

どこまでいっても、僕の思考は卑屈だった。

「ん。わかった。橘田くんがそう言うなら、そうする」

少し残念そうな顔をしながら、七里さんは了承してくれた。

「ありがとう」

「あ、でも、佳月にだけは言ってもいい？」

七里さんは親友の名前を挙げる。

「うん」

僕も脩平には報告したし、小野屋さんなら口は堅そうだ。きっと大丈夫だと思う。

ただ、高校生にとって、他人の恋愛事情というのは最上級の娯楽だ。脩平や小野屋さんから漏れずとも、一緒にいる僕たちが目撃されて噂にのぼるのも時間の問題だろう。

それに、二学期に入ってからは、七里さんと積極的に関わるようにしていた。すでに勘のいいクラスメイトは何かを察しているかもしれない。夏休み直前、脩平が協力を仰いでくれた女子二人にはもうバレている可能性もある。

だけど、一ヶ月ちょっとなら隠し通すこともできると考えている。

もちろん、僕は別れたくなんてない。できるだけ、七里さんの頭上に見える数字を大きくしたいと思っている。

僕たちの交際を秘密にするのは、あくまで、別れがきてしまったときの保険にすぎない。

うつむいて隣を歩く七里さんは、何かを考え込んでいるようにも見えたし、寂しさを噛みしめているようにも見えた。

ようやく恋人になれたのに、彼女が何を考えているのか、何を思っているのか、僕にはつかめなかった。

「そうだ。七里さん、何かほしいものとかある？」

僕は彼女に尋ねた。沈黙に耐えられず、とっさに浮かんだ質問だった。

「え、どうして？」

「あ、いや。クリスマスプレゼント、何がいいかなと思って……」

言ってから気づく。このままだと僕は、クリスマスを七里さんと一緒に迎えることができない。

一年前、散々日本のクリスマス文化に文句を言っておきながら、僕もクリスマスを好きな人と過ごすことに憧れを持っていた。

「あはは。まだ一ヶ月以上も先じゃん。気が早いなあ」

屈託のない笑顔が、とても眩しかった。ずっとこの笑顔が、僕だけに向けられていればいいのに。

「うん。でも、今からバイトとかして、お金を貯めておいた方がいいのかな……なんて」

一般的な高校生のカップルが、クリスマスにどれくらいの金額のものを贈り合っているのかは知らないが、僕は七里さんに喜んでほしいと思っていた。

「えー？　そんなバイトしてまで高いもの要らないって。気持ちだけで十分だよ」

「そうかな？」

「うん。それよりもさ……」

「それよりも？」

「……なんでもない！　橋田くんがバイトなんか始めたら、私と一緒にいる時間が減っちゃうじゃんって思っただけ！」

七里さんは、顔を背けて一気に言うと、スタスタと先に歩いて行ってしまった。

嬉しくて、痛かった。

4

河本くんに殴られてから三日後。僕は謝罪を受けていた。

「この前は殴って悪かった。橋田が言ってたこと、本当だったみたいだ。というか、嘘だったとしても殴るのは良くなかったよな。本当に済まなかった」

「ああ、いや。僕の方こそ、余計なお世話だった。ごめん」

僕はとてもみじめな気持ちになっていた。

河本くんのためを思って教えたわけではない。数字が増減するのかを確かめるために利用していただけだ。

だからそんなに謝らないでほしい。むしろ僕のことを憎んだままでいてほしかったくらいだ。

「で、一つ頼みがあるんだが、このことは、他の人には黙っててほしいんだ」

「ああ、うん。そのつもりだよ」

佐久間さんのことを案じているのだろう。生徒に手を出した教師のことは不快に思うが、僕も大きな問題にするつもりはなかった。

「サンキューな。彼女も、あいつとはちゃんと別れたって泣きながら謝ってくれたし、これからは俺だけだって、ずっと一緒だって言ってくれた」

河本くんが嬉しそうな顔をする。

「そう。よかったね」

前半は正しくて、後半は間違ってる。佐久間さんは長嶋と別れたけれど、河本くんとも176日後に別れる。

どうすれば、七里さんともっと一緒にいられるだろうか。

僕はそればっかりを考えていた。

そして、あらゆる作戦を試していった。

手始めに、見た目を変えてみた。

いつもの千円カットではなく、今までだったら近づくことすら躊躇していた美容院で髪を切った。話しかけるなオーラを全身から出していた僕の散髪は、さぞかしやりにくかったことだろう。

「あ、髪切ったんだね」

翌日のデートで、七里さんが僕を見て言った。

「うん。どう……かな」

「似合ってるよ。私は前より今の方が好き」

好き、という言葉に心臓が跳ねる。髪型のことだとわかっていても。

「ありがと」

「さて。実は私もどこかが変わってます。どこでしょうか？」

出題されてしまった。彼女の変化に気づけなければ彼氏失格だ。

「ん～」

「そんなにジロジロ見られると恥ずかしいんだけど……」

「あ、ごめん……」

顔が思ったより近くて、慌てて身を引く。

「で、わかった？」

「もうちょい考えさせて」

「ダメ。タイムアップで～す」

「全然わからない……」

僕はうなだれる。

「正解は、歯磨き粉を変えた、でした～」

「見た目じゃなかった！」

そんなんわかるか！

「橘田くん、まだまだですね」

「まだまだでいいよ」

七里さんが楽しければ、それで。

他にも、色々なことを試した。

筋トレも始めた。まだ成果は出ていない。腹筋が割れるまでは続けたいと思う。何かをコツコツ継続することは苦手ではなかった。

背筋を伸ばすことも意識して生活するようにした。夕食のとき、有華に「あれ。まさ兄、身長伸びた？」なんて言われた。残念ながら縦への成長はほとんど止まってしまっている。

ネットで、恋愛関係のトピックも見るようになった。『女子がキュンとする男性の言動10選』とか『モテる男のデート術』とか、僕には一生無縁だと思っていた特集を読み漁った。

読みながら、恥ずかしさがこみあげてきて死にたくなった。誰に見られているでもないのに、首から上が熱を帯びてくる。台詞や行動のほとんどが、ただしイケメンに限るやつばかりで、僕にも実用性がありそうなものを探すのが大変だった。

七里さんのことをたくさん知った。七里さんの好きな音楽を聴いて、世界を共有した。七里さんが行きたいと言っていた場所へ行った。

休日のデート。県内にあるテーマパーク。

数字は23。

「最近思ってたんだけど、橘田くん、雰囲気変わった？」

七里さんが目を細めて僕の方を凝視する。僕は数日前に買った少し高めの服を身に着けていた。

「そう？」

「うん。ってかこの前みっちゃん達もそう言ってたし。間違いない。垢抜《あかぬ》けたというか、その……格好良くなったというか……」

「七里さん、ちょっと怒ってない？」

言葉では褒めているのに、口調はむくれているようだった。

「だって、他の人が橘田くんの良さに気づいちゃうから」

七里さんが右手をギュッと握って、それが僕の左手に伝わる。僕たちは、自然に手をつなぐようになっていた。

「そうかな」

さりげない口調を意識しながら言ったけど、このときの僕は、全速力で走り出したいくらいに嬉しかった。

「そうだよ。浮気しちゃダメだからね」

「するわけないでしょ。こんなに素敵な彼女がいるのに」

そんな台詞も、淀みなく口にすることができるようになっていた。心臓は爆発しそうだけど。

「……何それ」

僕の素敵な彼女は、顔を背けて早歩きになる。それが照れているときの癖だということも、もうわかっていた。

隣の県にある、国内最大級のショッピングモール。

数字は16。

七里さんは、時折、寂しそうな表情をすることがあった。

ファミレスで、僕がドリンクバーを持ってきたとき、七里さんは外を眺めていた。

少し前の僕だったら、ボーっとしているな、くらいにしか思わなかったかもしれない。けれど今の僕は、たくさんの時間を七里さんの近くで過ごした。そうすることで、ほんの少しだけ彼女を知ることができた。

僕にはそのときの彼女が、無力感を噛みしめているようにも見えたし、悲しみをこらえているようにも見えた。

七里さんが気づくように、わざと彼女の目の前にオレンジジュースの入ったグラスを置く。

「あ、ありがと」

さっきまでの寂しげな表情はもうなく、パッと、元来の明るさを取り戻した。

「どうしたの？　外で何かあった？」

僕は自分のグラスを置きながら着席する。

「ちょっとね……。学校が爆発して明日の小テストが中止になる未来に思いを馳せてただけ」

いつもどおり、にかっと笑ってそんなことを言われてしまえば、それ以上、深く追及することはできなかった。

「ずいぶん物騒な想像だね」

「え？　しない？　そういう想像」

「しないよ」

「教室で、テロリストがいきなり窓ガラスを割って入ってきて、クラスメイトがパニックになる中、自分の中の隠された力が覚醒して撃退する想像とか」

「男子中学生じゃないんだから」

まあ、僕も男子中学生のときはしてたけど。

それからも、七里さんは何度か、同じような表情をしていた。

もしかすると、前の恋人に関することかもしれない。実はまだ未練があるのではないか。僕との別れは、元カレとのヨリを戻すためなのではないか。そんなことを考えて、僕は勝手に落ち込んだりもした。

放課後の帰り道。

数字は１２。

「橘田くんは、どこか行きたいところないの？」

「どうして？」

「いつも私の行きたいところに連れてってもらってばっかりだから」

「気にしないで。楽しんでる七里さんを見るの、好きだから」

「そっか」

また、あの少し困ったような、切ない表情だった。

僕は必死に気づいていないふりをして、笑顔を作った。

どれだけアイデアをひねり出してみても、どれだけ彼女を想ってみても。

七里さんの頭上の数字は動いてくれなかった。

十二月の日曜日。翌日から始まる期末テストに向けて、僕たちは図書室で勉強していた。

数字は9。

「これ、絶対テストに出る」

「どれ？」

「これこれ！　この、部分分数分解を用いて求めなさいってやつ」

「どこからくるの、その自信。ってか、部分分数分解って言いたいだけでしょ」

「違うし！　部分分数分解って言いたいだけじゃないもん！」

「言いたいだけじゃん。じゃあ、もし出なかったらどうする？」

「ん～。ケーキおごらせてあげる」

「待って。僕がおごるの？」

「じゃあ焼き肉でもいいよ」

「どっちにしろおごるのは僕なの？」

一つだけ、不安なことがある。

僕はずっと、七里さんのことが好きで、これからも好きであり続けると、自信を持って言える。

けれど、絶対なんてない。人間の気持ちというものは、とても不確かだと思う。

小学生のとき、あれだけ熱中していたカードゲームは、流行が終わってしばらくすると、家のどこにあるかもわからなくなっていた。

中学生のとき、毎日のように聴いていたお気に入りの曲も、久しく聴いていない。

今聴けば懐かしさを感じるだろう。

それなら、僕が七里さんのことを、ずっと好きでいる保証なんてどこにもないのではないか。

七里さんの頭の上にある数字は、彼女が僕に別れを告げるまでの日数だと思っていた。

僕が自ら七里さんに別れを告げることなんて、あり得ないと、そう思っていた。

その可能性から、僕は目を背け続けてきたのだ。

今の僕は、七里さんのことが好きだ。

全人類の前で、永遠の愛だって誓うことができるくらいに。

けれど、変わらないものなんてこの世界にはなくて。

流行も、季節も、時代も。

人の気持ちも――移り変わっていく。

だからこそ、ほんの少し先の未来が、とても恐ろしかった。

5

月曜日。二学期の期末テストが始まる。

七里さんの頭上の数字は8になっていて、これ以上は、本当にどうすればいいのかわからなくなってきた。

やれることは全部試した。思いつく限りのすべてを。

それでも数字は変わらなかった。

僕はいよいよ、脩平に助けを求めることにした。

「脩平」

「おう。どした」

「恋愛相談なんだけど」

周りを少し気にしながら、小声で僕は告げる。

「なるほど。受けて立とう。で、何があった?」

おどけて即答しつつ、脩平は心配そうな視線で僕を見る。

「僕、七里さんに嫌われてるかもしれない」

「は?」

「僕、七里さんに嫌われてるかもしれない」

「や、聞こえなかったわけじゃないんだが。……どうしてそう思うんだ？」

どうしてそう思うか……。それは、彼女の頭の上の数字が、僕と8日後に別れることを示しているから。

「わからない。直感……みたいなやつかな」

「ふーん。なんか、柾人らしくないな」

「どういうこと？」

「柾人はどっちかっていうと、感情より理論、みたいなところがあるだろ」

「そうだけど。人間に関してはそういうわけにもいかないでしょ。だって、人の感情なんて理論的に説明できないわけだし……。ほら、脩平だって、恋愛はフィーリングだって言ってたじゃん」

言い訳みたいになってしまった。

ただ、脩平の言うことももっともだった。僕も、自分が七里さんに嫌われているとは思えないのだ。それどころか、むしろ逆だ。

時間が合うときは一緒に帰っているし、ちゃんと会話だってしている。会えない日だって、電話やメッセージのやり取りをしていた。

そういうふうに、七里さんも僕との時間を大切にしてくれているように思う。僕と一緒にいるときの彼女の笑顔は、きっと心からのものだ。そう信じたい。

喧嘩もしたことがなければ、露骨に気まずくなったこともない……はず。僕が気づいていないだけかもしれないけれど。

とにかく、これ以上ないくらい順調に、僕たちは恋愛をしているように思う。

それなのに、あと8日で、僕たちは別れることになっている。

だからこそ、七里さんがどんな感情を僕に向けているのか、心の奥で何を思っているのかがわからなかった。

「たしかに。でも柾人のその直感は間違ってると思うけどなぁ」

脩平は腕組みをしながら唸る。

「うん。僕だってそう思いたいけど……」

数字が見えるこの不思議な現象が間違っていたことなんて、過去に一度もないのだ。

「柾人は思い込みが強いタイプだから、たぶん何かの勘違いじゃ……。それでも不安なら、七里に直接聞いてみるしかないんじゃないか？」

「直接……？」

その考えはこの上なく単純かつ効果的で、しかしながら、僕には逆立ちしても出てこないようなものだった。

「ああ。七里ならちゃんと答えてくれるだろ。変なやつだけど、ずるをしたりとか、嘘をついたりとか、そういうことはしないはずだ」

「うん。そう……だね。その通りだ」

どうして今まで思いつかなかったのだろう。

脩平がいつも以上に頼もしく見えた。

それと同時に、七里さんのことをわかっているかのような脩平の台詞に、僕はどうしようもない悔しさを覚えた。それを気づかされたことに対しても。

だって、七里さんの彼氏は僕なのだから。

しかし、脩平の言葉は的を射ていた。

直接聞けば、何かわかる可能性はあるし、そうでなくとも、手掛かりがつかめるかもしれない。

七里さんが別れようとしている理由さえわかれば、僕も手の打ちようがある。

「まあでも、やっぱり柾人が勝手に神経質になってるだけだと思うけどな」

もしそうだったなら、どれだけ嬉しいだろう。

脩平に相談した日の放課後。僕と七里さんは並んで歩いていた。

僕たちはさっきまで、学校の図書室で明日のテストに備えて少しだけ勉強していた。きりのいいところで切り上げ、暗くならないうちに帰ることになった。

「なんか橘田くん、今日は静かだね」

「そうかな？」

綺麗な目で見つめられる。自分の醜い内面を見透かされているような気がして、落ち着かなかった。

「うん。先生が、この問題わかる人～って言ったときの教室くらい静か」

「そんなに？」

「そんなにだよ。何かあったの？」

静かなのは、どうやって話を切り出そうか考えていたからだった。それを言ってしまったら意味がないので、ちょっと誤魔化して答える。

「今さらだけど、緊張しちゃって……」

「緊張って、何に？」

「いや。こういうふうに、女子と二人きりで歩くのって、今まであんまりしてきたことなかったから」

「あはは。何それ。付き合ってからもう一ヶ月も経つのに、何言ってんの」

楽しそうに笑いながら七里さんが言う。

「だから今さらだって言ったでしょ。逆に今までは冷静になれなすぎてどうにかなってただけ。改めて考えると、僕にとって誰かと二人で長い時間一緒にいることって、すごくハードルが高いことなんだ。ましてや女子となんて」

僕の台詞に、七里さんは一瞬きょとんとした後で、表情をほころばせた。

「橘田くんって、面白いよね」

「七里さんほどじゃないよ」

「え？　どういう意味？」

「そのまんまだけど」

「っていうか、橘田くんは今まで仲良くなった女の子とかいなかったの？」

「いるわけないでしょ。男子ですら脩平以外に友達って呼べるような人がいないのに」

言ってて悲しくなってくる。

「ふ～ん。それは……なんか嬉しいですねぇ」

と、七里さんは僕をからかう口調になる。

「じゃあ、今まで私以外に彼女もいたことないの？」

「当たり前のこと聞かないでよ。泣きそうなんだけど」

「橘田くんなら、そういう人がいてもおかしくないと思ってたんだけどなぁ」

七里さんはそんなことを言う。

ずっと思っていたけれど、彼女は僕のことを過大評価しすぎている。

もしかすると、僕たちが別れる原因はそういったところかもしれない。

僕は、七里さんが思っているような人間ではない。それに気づいて、彼女は失望する。いかにもありそうな筋書きではないか。

思ってたのと、ちょっと違ったかな。

そんなふうに別れを切り出す七里さんを想像して、胸の奥が軋んだ。

「残念ながら、恋とか愛とか、そういうのとは無縁だったよ」

だから僕は、今のうちに七里さんの僕に対する期待度を下げておこうと画策する。

「へぇ～」

嬉しそうな声だった。ニヤニヤしながら僕の方を見てくる。

「七里さんこそ、彼氏がいたことあるんじゃないの？」

話の流れで、つい聞いてしまったけれど、すぐに後悔した。

まず、踏み込みすぎてしまったということ。付き合っているとはいえ、過去の恋愛のことを聞くのはよくないと思った。嫌な思いをさせてしまうかもしれない。

付き合い始める前にも、何度かそういう質問をしてしまったことがあった。あのときから、僕は何も成長していない。

そしてもう一つ。その答えは、誰よりも僕がよく知っているのだ。

しかし、七里さんは――。

「ううん。彼氏がいたことなんてないよ。橋田くんが初めて」

頬をほんのりと赤に染めて、不純物のいっさいない、無垢な笑顔を浮かべた。

とても美しくて、とても残酷な笑顔だった。

まったく嘘に聞こえなかった。

けれど、僕は知っているんだ。

僕と付き合う前、七里さんの頭の上には数字があったことを。

「そっか」

このときの僕は、どんな表情をしていたのだろう。

絶望を押し込めて、必死で貼り付けた偽りの笑顔だろうか。

それとも、諦めと悟りがない交ぜになった、晴れ晴れした表情だろうか。

——七里ならちゃんと答えてくれるだろ。変なやつだけど、ずるをしたりとか、嘘をついたりとか、そういうことはしないはずだ。

脩平は、そう言っていた。

僕も、そう思っていた。

それなのに——。

今までの、僕に対する彼女の言葉のすべてが、嘘に思えてきた。

付き合う前に二人で出かけた後の『楽しかったね』も。

美味しいお店でご飯を食べ終わったときの『また来ようね』も。

想いを伝えたときの『嬉しい。ありがとう』も。

なんでもない会話の中の『楽しいね』も。

その全部が。

鮮やかに色づいていた世界が、突然モノクロになったような気がした。

「私、橘田くんの初めての彼女になれて、本当に嬉しいんだ」

愛おしい笑顔で紡がれたそんな台詞を、何も知らないままの僕が聞けたら、どれだけ幸せだっただろう。

当初の目的であった、僕に対する不満だとか、そういうことを尋ねる気にはとてもなれなかった。

七里さんが何を言っても、今の僕は信じることができないと思う。

彼女の言葉の裏側に、何かよくないものがあると感じてしまう。

誰よりも信じたい人を、信じることができない。

恋がこんなにも、苦しいものだとは思わなかった。

好きな人の恋人として見る世界は、抱えきれないほどの幸福にあふれていて、毎日が希望で満ちているものだと考えていた。

数字は増えることなく、1ずつ減っていく。

僕がどれだけ願っても、どれだけ祈っても。

どれだけ――七里さんを想っても。
時間の流れは容赦なく、二人の関係を終わりへと運んでいく。

第5章　君との恋の終わりは、もう見えない。

1

僕と七里さんが恋人でいれる時間は、残り一週間を切った。

もうダメかもしれないという悲観と、まだ諦めたくないという執着が、僕の心をぐちゃぐちゃにしていく。

二学期の期末テストも終わった。いつもよりもできたような気がするし、できなかった気もする。点数なんてどうでもいいとも思っている。

テスト期間は午前中で学校が終わるので、七里さんとはほぼ毎日会っていた。お昼ご飯を食べてから、少しだけ次の日の科目の勉強をして、遅くならないうちに帰る。

数字は着実に減っていくし、これ以上どうすればいいのかもわからないけれど、心の奥底ではまだ、七里さんとの関係が続く未来を諦めきれないでいた。

別に、隠し事をされていてもいい。僕に見せる彼女の全部が本当じゃなくてもいい。

ただ、これから先も七里さんの隣にいたかった。それだけだった。

七里さんが喜ぶことを、七里さんの好きなものを、僕は追及していった。

「七里さんは犬派？　それとも猫派？」

「うーん……。どっちかというと猫かな。でも——」

犬より猫が好きで、でも飼うなら文鳥がいい。手に乗せて一日中眺めていたいそうだ。文鳥に『ナマムギナマゴメナマタマゴ』と覚えさせたいと言っていたが、人の言葉を覚えるのはインコだと思う。というか、覚えさせてどうするのだろう。

「相変わらず美味しそうに食べるね。苦手な食べ物とかあるの？」

「む。私が大食いだって言いたいの？　まあ、食べれるものは大体は好きだけど――」

苦手な食べ物はトウモロコシで、サラダにコーンが入っていると、器用に箸でよけて食べるほど。プチっという食感が嫌だと、眉をひそめながら話していた。ちなみにポップコーンは大好きらしい。たしかに、夏休みに映画に行ったときもたくさん食べていた。

「心理テストなんだけど、理想的なプロポーズのシチュエーションとかはある？」

「プロポーズかぁ……。一応あるけど、恥ずかしいな。えーっとね――」

プロポーズは、散歩のついでにさりげなくされたい。夕方くらいになんとなく外に出たくなって、同棲中の恋人と近所を歩いて、家に戻る途中の歩道橋の上とかで、夕焼けをバックに突然のプロポーズ。

指輪は失くしそうだから要らないとも言っていた。代わりに、広い家に住みたいとのこと。

七里さんは、珍しく照れながら話してくれた。

きっと、七里さんと結婚することになるのは僕ではない誰かなのだろう。

そんなことを思って、自分で出した話題にもかかわらず、胸が痛くなった。

「で、この心理テストは何がわかるの？」

「どんなシチュエーションでプロポーズされたいか」

「そのまんまじゃん！」

僕は七里さんについて、たくさんのことを知った。

けれど、本当に彼女が求めていることが何か、僕はわかっていないような気がした。

どれだけ真剣に彼女のことを考えても、数字は変わらなかった。

七里さんではなく僕の方が心変わりするかもしれない、という心配も、結局は杞憂に終わった。

僕はまだ、痛いほどに彼女のことが好きだった。

そう遠くない日に訪れる七里さんとの別れを、想像なんてしたくもないのに――。

彼女から告げられる別れの言葉を、そのときの彼女の申し訳なさそうな表情を、僕の脳は勝手に思い浮かべる。

それを必死で振り払うように、七里さんとの幸せな未来を思い描いてみようとするけれど、それすらも上手くできなくて。

どうしようもなく、僕はみじめだった。

日曜日。いつもよりもちょっと遅めに起床した僕は、寒さで布団から出られないでいた。そのままミノムシみたいになってゴロゴロしていると、スマホが震えた。

【外！】

七里さんからのメッセージはそれだけだった。

直接見えないからわからないけれど、今日は七里さんの数字は２になっているはずだ。

布団を体に巻き付けたまま起き上がり、カーテンを開ける。窓の外に、たくさんの白い粒がゆっくりと落下している幻想的な景色が見えた。

そういえば、雪が降る可能性がある、というニュースを見たような気がする。少し早めの初雪だった。

【雪ふってた】

僕はなんとも間抜けな返事をする。

それから何往復か、メッセージのやり取りをした。

スマホに表示される文字からは、七里さんが僕のことをどう思っているかは読み取れなかった。

もう、何をしても無駄なのかもしれないと僕が思ったのは、七里さんの頭上の数字が1になった日だった。

結局、昨日降った雪は中途半端に積もった。ところどころ氷になってしまっていて、慎重に歩かなければならなかった。

期末テストは先週で終わっている。あとはテストの返却と大掃除、大学の教授の講演会が終われば、冬休みに突入する。

その日の僕は、明らかに沈んでいた。

「柾人、顔色悪いぞ」

脩平が心配そうに言う。

「そう？」

「ああ。そんなにテストがヤバかったのか？」

「いや、そんなことはないよ。平均は超えてたし」

テストはいつも通りの出来だった。可もなく不可もなく。

「じゃあどうしたんだよ。保健室とか行かなくて平気か？　なんなら負ぶって連れてってやろうか？　肩車でもいいぞ」

脩平にこれだけ心配されるということは、僕はかなり参っているのだろう。

「肩車はやだよ。ちょっと寝不足なだけだから大丈夫」

寝不足というのは本当だった。今の精神状態でぐっすり眠れるわけがない。

「そうか。つらくなったら言えよ」

数日前に相談した七里さんとのことかもしれないと、脩平も思い至っているはずだけど、何も言わずにいてくれた。

「ありがと」

脩平はいいよね。今の彼女と、死ぬまで幸せな人生を送れるんだから。僕も脩平みたいにイケメンで爽やかで性格が明るかったら、こんな思いもせずに済んだのではないか。そもそも人間としての完成度が全然違うじゃないか。不平等だ。不公平だ。

それがただの八つ当たりだということもわかっているけれど、そう思わずにはいられない。思っていることをそのまま口に出すほど、僕も子どもではないというだけで。

自分のことが、どんどん嫌いになっていく。

どうして、こんなにも生きることはままならないのだろう。

もう、どうしようもないのかもしれない。どうあがこうと、運命は変えられないのかもしれない。

そんな考えが脳裏をかすめても、それでも、最後まで諦めることはしたくなかった。

七里さんのことが好きだという気持ちを、嘘にしたくなかったから。

2

今日もいつも通り、七里さんと一緒に帰ることになっていた。

「ねえ橋田くん、最近どうかした？　なんか元気がないような気がするんだけど」

帰り道。七里さんが不安そうに僕の顔を覗き込む。数日前から、七里さんは僕に対して心配そうな顔を向けるようになった。

「なんでもないよ」

僕が君の恋人でいられるのも、あと1日なんだね。

「本当に？」

「本当だよ」

僕は即答する。

「何か、悩んでることとかあったら、話してほしいな。私は橋田くんの彼女なんだから」

七里さんは、困ったように眉を下げる。

その言葉が、たまらなく嬉しくて、どうしようもなく苦しかった。

「……うん」

しばらく黙って歩いていると、七里さんが口を開いた。

「ねえ。この後、暇？」

「予定はないけど」

「ちょっと寄り道しない？」

僕はドキッとする。

「寄り道？」

「うん」

七里さんは、左手で僕の右手をギュッと握って、力強くうなずいた。

何か、大事な話が始まるんじゃないか。そんな予感があった。

僕たちは、学校から駅までの道からはちょっとだけ外れた場所にある、広い公園にやって来た。

犬を連れて散歩に来ている人や、子どもを遊ばせる母親、健康のためにウォーキングをしている老人。たくさんの人がいた。

手をつないだまま、公園の隅にあるベンチに腰を下ろす。

植え込みを覆う溶け残った真っ白な雪が、太陽を反射して輝いていた。

「寒いのにごめんね」

「ううん。大丈夫」

大丈夫なわけがなかった。僕たちの関係を決定的に変えてしまう何かが、これから起きるかもしれないのだ。寒さなんて感じないくらいに、心臓は鼓動を速くしていた。

七里さんは、その小さな右手で制服の裾をギュッと握ると、口を開いた。

「あのね――」

七里さんは意を決したように口を開く。かと思えば、考え込むように下を見る。そんな動作を三回ほど繰り返した。

僕は黙って続きを待つ。絞首台に立つ死刑囚は、もしかするとこんな気持ちなのかもしれない。

彼女は、ふぅ……と、大きく息を吐いて。

「話したいことがあったんだけど、なんか緊張してきちゃったから、また今度でもいいかな？」

「……うん。いいよ。いつでも聞く。明日でも、明後日でも、十年後でも」

それを言って初めて、呼吸が止まっていたことに気づいた。

七里さんは、別れを切り出そうとしていたのかもしれない。

今は、僕と別れることにまだ迷っている段階なのだろうか。

それとも、もう別れる決心はついていて、あとはそれを言葉にするだけなのだろうか。

公園を出て、駅に向かって歩く。

お互いに無言だった。冬の冷たい風と、息苦しい沈黙だけが、そこにはあった。

別れの時がやってくることを知ってからも、ずっと表面上はギクシャクしないように努めてきた。けれど、今日はそれすらできなかった。七里さんもいつもの元気がないように見える。

「七里さん」

「ん？」

「僕、今日はちょっと、勉強してくから。テスト、ちょっと点数がまずくて……。このままだと、大学とか、その……ヤバいかもしれないから」

駅前のファストフード店を示しながら、僕は早口で説明した。

「そっか」

それじゃあ、私も一緒に。そう言われる前に。

「うん。だから、先に帰っててもらって大丈夫」

僕が言うと、七里さんは一瞬だけ寂しそうな表情を見せて、すぐに笑顔に戻る。

「わかった。じゃあ、また明日ね」

彼女はそう言って、大きく手を振った。その大げさなしぐさが、なんらかの感情を必死で隠そうとしているように見えた。

「うん。ばいばい」

僕は控えめに手を振り返す。

七里さんと一緒にいるのが苦しかった。泣き出さない自信がなかった。

後ろを向いて歩いて行く七里さんの姿を眺めながら、僕は目を凝らす。

もしかすると、という淡い期待と、どうせ、という諦念が混ざっていた。

七里さんの頭上を確認する。

数字は1のまま変わっていなかった。

覚悟はしていたはずなのに、胸が痛む。ほんの少しでも期待をしてしまった自分を殴りたくなった。

明日、数字は0になる。

今の会話が、恋人として交わせる最後のものかもしれないと思うと、ひどく虚しくなった。

呼び止めようかとも思ったけれど、呼び止めたところで何を言えばいいのかわからなかった。

そうこうしているうちに、七里さんは見えなくなっていた。

当然ながら、勉強には身が入らなかった。

一時間も経たないうちに店を出る。

帰宅して、夕食を食べ、シャワーを浴びた。いつも以上に表情が死んでいたらしく、有華からも怪訝な視線を向けられてしまった。
無心で壁を見つめていると、七里さんからのメッセージが届く。
【明日、放課後あいてる？　今日話せなかったこと、話したい】
今度こそ、別れ話だ。
「……嫌だな」
僕はスマホを放り投げて、ベッドに仰向けに寝転がる。
七里さんとの思い出がよみがえってくる。
初めて会った日のこと。
意識していた片想い中の日々のこと。
付き合ってからのこと。
――七里さんと別れるなんて嫌だ。
それなら、話をしなければいい。会わなければいい。
僕は、彼女からのメッセージに気づいていないふりをした。
ただの時間稼ぎだ。そんなことをして、事態が好転するわけでもない。
しばらく経ってから、彼女から再びメッセージが届いた。
【橋田くんと、二人で行きたい場所があるんだ】
思い出作り的な意味で、最後に行っておきたい場所、ということだろうか。

もしそうだとすれば、僕は絶対に行きたくない。

今の僕はまるで、駄々をこねる子どもだった。

3

望まなくとも、朝は勝手にやってくる。

今日、七里さんの頭の上の数字は0になっているはずだ。僕以外に同じ力を持っている人がいるとすれば、僕の頭の上にも0という数字が見えるのだろう。

平日だったけれど、僕は学校を休んだ。どうせ、期末テストの返却と解説が行われるだけだ。学校に行けば、嫌でも七里さんと顔を合わせることになる。

七里さんと会いたくない日が訪れるなんて、思ってもみなかった。いつだって、彼女の存在は僕にとって輝かしいものだった。

少し体調が優れない、という理由で担任に連絡した。母親にも同様に告げる。

担任からも母親からも心配されたけど、疑われることはなかった。日ごろまあまあ真面目に生きてきたおかげだろう。申し訳ない気持ちがなくはないけれど、体調が優れないのは本当のことだ。

不安と焦燥感で眠りが浅かったらしく、頭がボーっとしていた。午前中は寝て過ごすことに決める。

自分がどうするべきかわからなかった。どうしたいのかすらも。

七里さんと話したいけれど、七里さんと話すのが怖い。

学校まで休んで、僕はいったい何をしたいのだろう。

何もしたくない、というのが一番しっくりくるような気がする。

七里さんと、もっと一緒にいたかった。

僕は、どこで何をどう間違えたのか。

もっとできることがあったのかもしれないし、間違いなどなくて、最初からこうなる運命だったというだけなのかもしれない。

恋人ではなくなったら、僕と七里さんの関係はどうなってしまうのだろう。前みたいに笑って話せるだろうか。少なくとも僕は絶対に無理だと思う。

こんなに好きなのに、どうして思い通りにいかないのだろう。

思考の流れのようなものが、ぐちゃぐちゃに絡まって、身動きがとれなくなってしまっていた。

七里さんのことを考えるだけで、心の柔らかい場所が痛む。

そんな精神状態でしっかり眠れるわけもなく、正午前に目が覚めた。

スマホには、脩平からの【生きてるか？】というメッセージと、七里さんからのメッセージが何通か届いていた。

メッセージで別れを告げられるのかと思ったけれど、それは僕のことを心配する内容だった。

【橋田くん、大丈夫?】

【昨日送ったメッセージは気にしないで。また今度話そう】

【今日はゆっくり休んでね。お大事に】

今度なんてないはずなのに。

どうしてそんな、僕の心を揺さぶるようなメッセージを送ってくるのだろうか。涙が出そうになった。

スマホの電源を切る。

彼女に別れを突きつけられることが、たまらなく怖くて――。

弱い僕は、彼女に向き合うことではなく、背を向けることを選択した。

罪悪感はあった。けれどそれ以上に、もうどうにでもなれという気持ちの方が強かった。何もかもを投げ出したくなった。

家にいるのも落ち着かない。

日付が変わるまで、どこか遠くへ行ってしまおうか。そうだ。そうしよう。

少し考えて、電源を切ったスマホは机に置いた。

一応『夜中までには帰ります。心配しないでください。』と、メモを書いてリビングのテーブルに残しておく。

財布をポケットに入れて、僕は家を出た。

レモンが、くぅーん、と鳴いて僕の方にすり寄ってくる。

「ごめんな。散歩じゃないんだ」

頭をなでると、うちの賢いペットは小屋に戻る。

——もしもこのまま、七里さんと会わなければ、僕たちは別れたことになるのだろうか。

あの数字が正しければ、きっとそういうことになるのだと思う。

最低だという自覚はあった。

好きな人と恋人ではなくなるという結果は同じなのに、どうして、僕はこんなに臆病なのだろう。

平日の昼間。普段は学校で授業を受けている時間だ。人とすれ違うたびにビクビクしてしまう。指名手配犯の気分だった。

朝のラッシュが信じられないくらいに空いている電車に乗り、隣の県まで行って、あてもなくさまよった。

ショッピングセンターをフラフラしてみたり、古本屋で漫画を立ち読みしてみたりした。漫画の内容はもちろん頭に入ってこなかった。

ゲームセンターで二千円をクレーンゲームに費やしてみたりもした。普段なら絶対にそんなことはしない。結局、なんの成果も得られなかったけど、無駄なことをしたという後悔はあまり感じなかった。

何をしようとしても手につかなくて、頭の中は七里さんのことでいっぱいだった。

このお店、七里さんが好きそうだ。

あのゆるキャラのキーホルダー、七里さんがバッグにつけてたな。

七里さんがハマっているアーティストの新曲が流れている。

結局のところ、僕は七里さんのことが大好きで。

それが、彼女からのメッセージを無視し続ける免罪符にはならないこともわかっていた。

知らない公園のベンチに座って、暗くなった空をボーっと眺めていた。

星が綺麗に見えた。

「七里さんと一緒に見たかったな」

口から勝手に言葉が滑り出た。すぐに、何をバカなことを、と思う。

もう、僕たちの関係は終わるのだ。いや、もう終わっているのかもしれない。自分の頭上の数字は見られないから、それがわからないだけで。

いつの間にか夜の十時になっていた。そろそろ補導されてしまう可能性もある時間だ。僕は帰りの電車に乗った。

座席に座ると、かなり疲れていることに気づいた。ずっと歩きっぱなしだったから当然だ。

このまま家に帰るのもなんだか気が進まなくて、紫桜高校の最寄り駅で一度降りる。学校までの道を歩いた。誰もいない、暗い通学路が新鮮だった。

夜の校舎には電気が点いていた。誰かが残業しているらしい。

「はぁ……」

と、大きく息を吐き出す。

僕は、何をしているのだろう。

七里さんと向き合わずに、家を飛び出して。

あてもなく、知らない場所をさまよって。

ただ、現実から目を背けて逃げているだけではないか。

これでは、思い通りにいかないからといって癇癪《かんしゃく》を起こす子どもと一緒だ。

何一つ、問題は解決していなかった。

学校の周りを歩きながら、僕は自己嫌悪の渦に飲まれていた。

明日から、どういうふうに生きていけばいいのかすら、わからなくなってきた。

いっそ高校を辞めてしまおうか。どこか遠くへ行って、働きながら暮らしてみようか。

もちろん、そんな生活が成り立つと本気で思っているわけではないし、高校を辞める度胸なんて持ち合わせていない。

すべて、僕のせいだった。自業自得だった。

今までのように、身の程をわきまえて、身の丈に合った生き方をするべきだったのだ。

片想いのまま終わる恋でよかった。それ以上を望んではいけなかった。

それなのに——。

誰かもわからない、七里さんの元恋人に嫉妬して。

彼女を、独占したいと思ってしまった。

僕なんかが、そんなことを考えてはいけなかったんだ。

めちゃくちゃになった心は、自分自身を強く責め立てる。

七里さんに片想いをしていた日々の愛おしさを思い出していた。

あのときが、一番幸せだったのかもしれない。

今ではもう、残酷な結末しか見えなくて。

ただただ、悲しかった。

鼻の奥がツンとして、涙の気配がした。

「そろそろ帰るか」

そんなことをして泣きたい気分が収まるわけでもないのに、小さく声に出して。

駅までの道を、なるべく遠回りして歩く。

美味しそうなラーメン屋があったり、大きな神社があったりと、新しい発見があった。異世界に紛れ込んだ気分になる。夜だからなのかもしれない。

冬の寒さが、容赦なく僕を襲う。

もっとしっかり防寒をしてくればよかった。ほとんど何も考えずに家を出たため、コートを着ているだけだ。マフラーと手袋を持ってくるべきだった。

吐いた息が白く染まるのを眺める。

どこかへ行ってしまいたいのに、どこにも行けないでいた。高校の最寄り駅から一本外れた道。僕は無力感を噛みしめて歩く。

「橋田！　何してるの!?」

誰かが僕の腕をつかむ。

「小野屋……さん？」

4

「ねえ、何してるの？」

僕が答えないでいると、小野屋さんはさっきよりも少し弱々しく繰り返した。怒っているような、それでいて同時にホッとしているような声だった。

「散歩……だけど」

僕の口から出てきたのは、紛れもない嘘だった。

「散歩？」

僕の腕をつかむ小野屋さんの右手に力がこもった。

「……痛い」

小野屋さんは無言で、僕の顔を睨むように見ながら、手を離す。

「梓帆が、あんたのことを探してる」

僕に何を聞いても無駄だと理解したのだろう。小野屋さんは単刀直入に言った。

「七里さんが？」

そうだろうね。だって、彼女は僕に別れを告げようとしているのだから。

「何とぼけてるの？」

小野屋さんの瞳には、軽蔑の色が浮かんでいた。

「とぼけてなんか――」

「メッセージも無視されてるし、家に行っても橘田はいない。電話しても出ないって」

「それは……スマホ、壊しちゃって」

苦しい言い訳だった。この期に及んで僕は、都合の悪い現実から目を背けようとしていた。

「じゃあ、もうその辺のことはどうでもいい。で、橘田は梓帆がどこにいるか知ってる？」

「……知らないけど、どうして？」

七里さんの居場所を尋ねられて、悪い予感がふつふつと湧き上がってくる。

「梓帆も一時間前から連絡つかなくなったから……心配で。私なりに梓帆が行きそうな場所を探してみたんだけど、どこにもいなくて……。橘田のこと、今も探してるかもしれない」

小野屋さんは小さな声で言った。彼女には似合わない不安そうな表情をしている。

それを聞いて、僕は心に鈍い痛みを覚えた。確実に原因は僕だ。

「もう、家に帰ってるとかは？」

そうであってほしいと思って口にする。

「梓帆が家に帰ったら、すぐに梓帆のお母さんから連絡が入ることになってる。それがないってことは、まだ外にいるんだと思う。橘田は、梓帆が行きそうな場所に心当たりもないの？」

「それも、わからない」

スマホは家に置いてきてしまったし、七里さんがどこにいるかも見当がつかない。

お互いに黙ったまま、数秒が過ぎる。

「……最近の橘田、おかしいよ」

小野屋さんが低い声で言う。

そんなこと、自分が一番わかってる。でも――。

「小野屋さんには関係ない」

「関係あるよ！」

「どうして！」

僕も叫ぶように言い返す。駅の近くということもあって、夜だけどちらほら人がいる。何事かとこちらを見ているが、そんなことはどうでもよかった。

「梓帆が、あんたのこと心配してる。あんたのせいで、梓帆が悲しんでる」

「そんなこと……」

嘘だ、と言い切れなかった。

僕の好きになった女の子は、そういう人だから。

ちょっと抜けているところがあるけれど、他人の悲しみや苦しみには人一倍敏感で、本人よりも心を痛めているんじゃないかって思えるくらいに心配する。

底抜けに優しい、とっても素敵な人だ。

だから、僕に愛想を尽かしても、僕のことを好きじゃなくなっても、心配はする。

彼女にとって、それは当たり前のことだ。

「橘田は、梓帆のこと、嫌いになったの？」

「違う！」

今まで出したこともないような、大きな声が出た。自分でもびっくりするくらいに。

そんなこと、あるはずがない。

七里さんのことを、僕が嫌いになるわけがない。

「じゃあ、どうして！」

理由を説明してもわかってもらえない。頭の上に、恋人と別れるまでの日数が見えて、七里さんと僕の関係は今日で終わってしまう——なんて。

それに、僕も僕自身の気持ちがわからなくなっていた。

七里さんから別れを切り出されるのが怖い。

これ以上みっともない僕を七里さんに見られたくない。

それに加えて、逃げ出してしまった自分が恥ずかしくて、心配をかけたことが申し訳なくて、七里さんと合わせる顔がない。

七里さんと会いたくない理由はいくつかあった。

けれど、七里さんと向き合ってしっかり話がしたいとも思っている。

それらがぐちゃぐちゃに混ざり合って、頭の中がこんがらがって、身動きがとれなくなってしまっていた。

ただ一つだけ言えることは、七里さんのことが、今でもどうしようもなく好きだということだけだった。

「わからない」

結局、その一言に集約されてしまう。

「わからないって何？」

「わからないんだよ！　七里さんに会って話したいけど、会うのが怖い。七里さんは、こんな僕の恋人になってくれた。でも、本当は僕なんて、誰かに好きになってもらえるような人間じゃない。ましてや、七里さんみたいな人に。だから、七里さんに釣り合う人間になろうとした。なろうと、したけれど、ダメだったんだ……」

本音を吐露する。今、言葉にできる精いっぱいを、僕は口に出してみた。

相手に伝わるかとか、文章のまとまりとか、そういうことを何も考えずに、思っていることをそのまま吐き出した。

小野屋さんは驚きも困惑もせずに、真剣な表情で僕の言葉を受け止める。受け止めた上で、厳しい声音で言う。

「……うん。あんたが何か悩んでることはわかった。苦しんでるのもなんとなくわかる。でも、それが梓帆を傷つけていい理由にはならない。それに、橋田自身も。そうやって、ずっと逃げ続けるつもりなの？」

それは紛れもなく正論だった。小野屋さんの言葉は、何一つ間違っていない。

「そんなこと、わかってる……けど」

この期に及んでうじうじしている僕を見かねたのか、小野屋さんは呆れたようにため息をついてから、ゆっくりと話し始めた。

「私、梓帆にフラれたんだ」

僕を責めるような口調とは打って変わって、静かに、そして悲しそうに言った。

5

「え？　どういう意味？」

フラれた、というのは……。

「そのまんまの意味だよ。私は、梓帆のことが好きだった。友達として、だけじゃなくて、恋愛対象として。気持ちを打ち明けて、今年の夏くらいに、付き合うことになったんだ。でもね――」

小野屋さんは、そこで言葉を区切って息を吸う。

「梓帆は私のこと、やっぱりそういう意味で好きになれないって」

いつもの勝気な彼女からは想像もつかないくらいに、小野屋さんは弱々しく呟いた。下を向いていて、何かを堪えているようにも、悲しみに浸っているようにも見えた。昼の隙間から漏れる息が、白くなって宙に溶ける。

「…………」

どう反応するのが正解なのか、僕にはわからなかった。

それ以上に、衝撃的な事実に驚いていた。

七里さんは、小野屋さんと付き合っていた。

春に七里さんの頭の上に見えていた数字は、小野屋さんと付き合っていたときのものだったのだ。

どうりで、学校中の男子を探しても、七里さんと付き合っていた人が見つからなかったわけだ。

そういえば、七里さんの頭上に数字が現れたころ、小野屋さんにも数字が見え始めたような気がする。どうして気づかなかったのだろう。

女子の数字なんて、七里さん以外はまったくと言っていいほど意識していなかったし、その可能性を最初から排除してしまっていた。

それに、一週間前の七里さんの言葉。

『ううん。彼氏がいたことなんてないよ。橘田くんが初めて』

あれは、嘘ではなかったのだ。七里さんが付き合っていたのは、男子ではなく女子で、つまり彼氏ではない。

小野屋さんは顔を上げて続ける。

「梓帆の方から友達に戻ってほしいって言ってきたのに、私よりも梓帆の方が傷ついてた。こんなことになるなら、最初からちゃんと断っておけばよかったよね、って。ごめんね、って。すごく悲しそうな顔で」

ああ。想像できる。七里さんは、自分のことよりも他人のことを優先する、優しい人だ。

「私が無理やり付き合わせたみたいなものなのに。梓帆のことを傷つけた。だから私も、橘田のことを責める権利なんてないんだよね。今は付き合う前みたいに普通に接してるけど、本当はまだ少しつらい。でも、私がそういう態度をちょっとでも見せると、梓帆が悲しむから、どうにか我慢できる。少しずつ慣れていくしかないよね」

そんなことがあったなんて信じられないくらいに、七里さんと小野屋さんの関係はいつも通りだった。少なくとも、僕は気づかなかった。

「だからさ……梓帆と、ちゃんと恋ができるあんたが羨ましいよ」

「そんなこと……」

僕だって、羨ましかった。七里さんの恋人に、僕は散々嫉妬していた。その嫉妬の対象が、女子だなんて知らずに。

「私じゃ、梓帆の恋人になれなかった」

小野屋さんが夜空を見上げてこぼす。泣くのをこらえているような声だった。

「でもさ、小野屋さんの気持ちも、ちゃんと、恋だったんじゃないの？」

実らなかった恋かもしれないけれど、小野屋さんの気持ちが嘘になるわけじゃない。

「……ふふっ」

小野屋さんは小さく笑う。さっきまで僕に怒っていたとは思えない、柔らかい笑い方だった。

「え、何？」

「梓帆があんたのことを好きになったのも、そういうところなんじゃない？」

「待って。よくわからないんだけど」

「わからなくていいよ、別に。で、橘田はどうして梓帆のことを避けてるの？」

次はお前の番だ、と言わんばかりに、小野屋さんは僕を責めるような口調に戻る。

僕は覚悟を決めて、大事な部分だけ話すことにした。

「七里さんから、聞いてない？」

「何を？」

「七里さんは、僕と別れようとしてるんだ」

「……は？」

小野屋さんは、何を言っているのかわからない、というような反応で僕を見る。

「今日も、話したいことがあるって、七里さんから言われてるんだけど、きっと別れ話だと思って……それが怖くて、逃げてる」

口にしてみると、改めて情けないなと思う。

「どうしてそういう結論に至ったのかわからないけど、それはたぶん、橘田の勘違いだと思う」

少し考えるしぐさのあとで、小野屋さんは言った。

「勘違い？」

「たしかに、私は梓帆から橘田のことを相談された。だから、梓帆も悩んでるのは事実。でも、梓帆はあんたのことを嫌いになんてなってない」

小野屋さんはまくし立てる。

「それどころか、嫌われちゃったかも、って言ってた。最近、橘田の様子がおかしいって」

僕の頭の中は、疑問符だらけになっていた。

「違う。七里さんは、僕に幻滅して、もう僕のことなんかどうでもいいって――」

「本当に、そう思ってるの？」

小野屋さんの声は、さっきまでの呆れが混じっていたものと決定的に違っていた。

本気で怒っている。

親友の気持ちを踏みにじられたと感じているのだろう。

僕は、七里さんとの日々を思い出す。

僕に向けられた優しい微笑み。

いつだって楽しそうな、弾んだ声。

「僕だって、そんなふうに思いたくない」

でも、七里さんの数字は――。

「別れようとしてる人が、デートの下調べなんかする!?」

「え？」

デートの下調べ？　どういうことだ？

「最近、あんたが元気ないからって、梓帆は色んな場所を調べてた。綺麗な景色を見れば、少しは元気が出るんじゃないかって」

「そんな……」

「あんたのこと、何も知らないから、それくらいしかできないけど、って」

そして、雷に打たれたような衝撃に襲われる。

七里さんは、僕のことを何も知らない。

僕と七里さんは、たしかに恋人として過ごしてきたはずだった。まだ短い間だけれど、たくさん会話もした。

それなのに、七里さんは僕のことを知らなかった。

僕たちが積み重ねてきた日々は、今思い返してみれば、一方的なものだった。

僕はいつだって、七里さんのことを知ろうとしていた。

でも、僕のことを知ってもらおうとしていなかった。

今日、新しくわかったこと、気づいたことがたくさんある。

七里さんが、小野屋さんの好意を上手く受け止められなかったこと。

僕の様子がおかしいと心配してくれていたこと。

七里さんのことを知るだけ知って、僕が自分のことを話そうとしてこなかったこと。

七里さんと付き合ってから、何度か見てきた、寂しそうな表情を思い出す。

彼女はずっと、色々なことを一人で抱え込んでいたのかもしれない。

6

七里さんは嘘をついていたわけではなかった。

小野屋さんの話を聞いて、それはわかった。

でも、大きな疑問は残ったままだ。

七里さんは、僕と別れようと思っていない？

しかし、七里さんの頭上の数字は、たしかに今日、僕たちが別れることを示している。

どちらが正しいのだろうか……。

——違う。

正しい正しくない、じゃない。

そんなこと、考えるまでもないんだ。

恋人と別れるまでの日数が見えるなんて、意味のわからない力なんかより、信じるべきものがある。

「小野屋さん、ありがとう！」

「ちょっと、橘田!? どこ行くの!?」

突然走り出した僕に、小野屋さんがびっくりしたような声を出す。

七里さんは、僕を嫌いになったわけではなかったのだろうか。

もしかすると——七里さんの頭の上の数字を見た僕が、勝手に嫌われていると勘違いをして、彼女を遠ざけた。その結果、七里さんの心も僕から離れていって——。

そうだとすれば、たしかにつじつまが合う。

数字が見えるせいで、僕と七里さんはすれ違って、だから僕が見る数字は小さいものになった？

もしそれが真相なら、七里さんとのすれ違いは、数字が見えるこの力のせいだ。そのせいで、僕は焦って振り回されてきた。

「いや。それも違う」

言葉が自然に口からこぼれた。

そんなのは、ただの責任転嫁だろ。

僕が、勝手に七里さんの気持ちを決めつけて、逃げ出しただけ。

全部、自分の弱さが招いたことだ。

僕は七里さんが行きそうな場所を探し回った。

初めて手をつないだ公園。

放課後に寄り道したコンビニ。

どこにも七里さんの姿はない。

もう、家に帰っている可能性もある。

それならばいいのだけれど……。

日ごろの運動不足がたたって、すぐに息が切れた。でも、立ち止まっている時間なんてない。

僕は、逃げていたんだ。

どこまでも、自分のことしか考えていなかった。

恋人は、二人がお互いのことを想い合って、初めて成立する関係なんだ。そのことに、僕はやっと気づいた。

『まあ、しっかりと相手のことを見るってのが大切だな』

脩平だってそう言っていた。

それなのに僕は、七里さん自身の気持ちに目を向けようとせずに、頭の上の数字ばかり見ていた。

七里さんのことを知ろうとするくせに、自分のことは何一つ知ってもらおうとしていなかった。

身勝手な自分が、どうしようもなく大嫌いだ。

今からでは、もう遅いのかもしれない。

けれど、まだ一ミリでも可能性があるのなら。

どれだけみっともなくても、あがきたいと思った。

まずは七里さんを見つけなくてはならない。

呼吸が苦しい。膝が震える。それでも、足を止めるつもりはなかった。

思いつく限り、七里さんとの思い出の場所へと走る。

すでに夜の十一時を過ぎていた。外を出歩いている人はほとんどいない。

踏み出した一歩が、地面を滑った。おととい、関東では初雪が降った。積もりはしなかったものの、ところどころ地面が凍っていた。僕は盛大に転び、尻もちをついてしまう。

「いっ……」

痛かったけれど、構っていられない。僕は立ち上がって、再び走り出す。

転んだ拍子にかどうかはわからないけれど、一つ、七里さんの行きそうな場所を思いついた。

『もし夜に上ったら、星が綺麗に見えそうだよね』

七里さんは、きっとそこにいる。考えれば考えるほど、そんな気がしてきた。

紫桜高校の校舎は、さすがに電気が消えていた。門も閉まっている。

フェンス沿いに走って、裏口より少し手前、低い生け垣をまたいで高校に侵入した。テニスコートの横を通って、生徒ならほとんどが知っている、特別教室棟の鍵のかからないドアを開ける。

これは不法侵入になるのだろうか。ならないとしても、バレたら怒られるだろうな。退学まではいかなくとも、停学くらいにはなるかもしれない。だからって、撤退するつもりもないけれど。

階段を駆け上がった。実際は、駆けあがるなんて動作とは程遠かった。疲労で足は上がらなくなっていた。手すりをつかみながら、無理やり歩を進めた。

いつも美化委員の仕事で訪れる屋上庭園に出た。

初めて七里さんと会った場所。

倉庫の脇から階段を上って――。

そこには、足を伸ばし、両手を後ろについた体勢で、暗くなった空を真っ直ぐに見つめる一人の女の子がいた。

7

私らしいって、なんだろう。

そんなことを、少し前の私はぐるぐる考えていた。

『なんか、梓帆らしくないね』

中学三年生のとき。定期テストの点数が酷くて落ち込んでいたときに、友達から言われた言葉だ。

『いつもだったら、点数なんか気にしないで笑い飛ばしてるじゃん』

笑い飛ばすのが私らしいということだろうか。

たしかに、小テストくらいだったらそうしていたかもしれない。

悪気もないであろうその言葉が、心の端っこに引っ掛かったけど、結局私は、

『あはは、そうだよね。よし、次は百五十点取るぞ～！』

そんな感じのことを言ったような気がする。

私が笑っていれば、みんなも嬉しそうにしてくれる。

だから私は、いつもニコニコしていればいい。

真面目なつもりで発した言葉で、みんなに笑ってもらえればいい。

一番仲が良い佳月には、弱音を吐いたりすることもある。

だけど、彼女もきっと、私のことを少し誤解している。

『それは大変だったね。いつもの梓帆に戻って、また笑顔見せてよ』

いつもの私って、なんだろう。

今の私は、私ではないのだろうか……。

怒っているわけではないし、みんなに悪気はないこともわかっている。

私だって、友達やクラスメイトのことを、こういう人だと勝手に決めつけているところはあると思う。

ただ、ちょっとだけ窮屈《きゅうくつ》だなとは思う。ちょっとだけ、疲れてしまうこともある。

そんな日々の中で、私のことを一人の人間として、とてもフラットに見てくれる人がいた。

橘田柾人くんという男の子だ。

あれはたしか、彼と出会ってから三ヶ月くらいが経った、一年生の九月くらいのことだった。

そのとき、私は屋上庭園にいた。

佳月たちとかくれんぼをしていたときに見つけた場所。橘田くんともここで出会った。

悲しいことやつらいことがあったとき、私はいつも一人になる。

みんなが求めているのは、笑顔を絶やさない、明るい七里梓帆だから。

その日の私は、まあまあ落ち込んでいた。

好きなアーティストの限定グッズが買えなかったのだ。完全受注生産で、締め切りの日をいつの間にか過ぎていた。そこそこの値段がするので、購入を躊躇《ためら》っていたのだけれど、いざ手に入らないことがわかってからとても欲しくなってきたのだ。

このことは誰にも話していない。

そんなことで落ち込むなんて、梓帆らしくないね。

言われてもいない言葉が、頭の中で反響して、さらに気分が沈む。

「こんなところ、みんなに見せられないなぁ……」

呟いた言葉が、風に紛れて消える。

しばらくボーっとしていると――。

「あれ、七里さん。どうしたの？」

橘田くんが現れたので、私は慌てて笑顔を作る。

私らしく。

いつもみたいに。

「あ、ちょっと植物たちに酸素を分けてもらいにきた」

「何それ。変な理由」

橘田くんが笑ってくれる。

やっぱり、いつも通り、適当に変なことを言っているのが一番いい。

そう思ったのに……。

「何か、あったの？」

橋田くんはおそるおそる尋ねてきた。

「へ？　どうして？」

驚いて、声が上ずってしまう。笑顔がぎこちなかっただろうか。

「僕も、一人になりたいときに、よくここに来るから。もしかしてって思ったんだけど、もし違ったら余計なお世話だよね。ごめん」

「あ、あのね……実は――」

「ほんとごめん。言いたくなければ大丈夫だから。変なこと言ってごめん」

私が話そうとすると、橋田くんは慌てたように謝り倒す。

それじゃあ、話そうと思っても話せないよ。

でも、別にいいか。

「ふふっ」

偽りじゃなく、本当の笑みが漏れた。

「え、笑うとこ？」

「なんか、面白いなって。悲しいことがあったんだけど、ちょっと元気出た」

「そっか。酸素のおかげかもね」

「そうかも。でも、もうちょっとここでゆっくりしようかな」

つい、弱音を吐いてしまった。

「友達に相談とかはしないの？」

「ほら、私って、そういうキャラじゃないでしょ。ちょっと、私らしくないじゃん」

余計なことを口走ってしまう。

「そんなことないよ」

橋田くんにしては珍しく、強めの口調だ。

「え？」

「あ、そんなことないっていうのは、七里さんが明るくないとか、そういう意味じゃなくて……」

自分で言ったことに焦っている。その様子を見て、私はまた、口元が緩んだ。

「人間なんだから、ずっと明るい気持ちでいるなんて無理だと思うよ。それに――」

橋田くんはちょっとだけ迷ってから、口を開いた。

「落ち込んでたって、悲しんでたって、笑ってなくたって、七里さんは七里さんでしょ」

なんだか、心が一気に軽くなった気がした。

「そう……だね。ありがと」

私のお礼に対してきょとんとしていたので、橋田くんは別に、私を励まそうとしたわけではないらしい。

だけどその言葉は、私の宝物になった。

それから不思議と、橘田くんの前では自然体でいられた。

それまでもたまに話していたけれど、同じクラスになったこともあって、さらに話しかけるようになった。

話すうちに、もっと仲良くなりたいと思った。

橘田くんの友達の日野くんから、色々と教えてもらったりもした。

なんかいいな、くらいに思っていた男の子を、私はいつの間にか、好きになっていたみたいだ。

だから、彼の方から気持ちを伝えてくれたときは嬉しかった。

橘田くんの隣は、やっぱり、とても居心地がよかった。

けれど、だからといって、全部を話せるわけではない。

言いたいけれどなかなか言えないこともあった。

『七里さんは、僕たちが……その……付き合ってること、誰かに言った？』

『まだだけど。どうして？』

『あんまり周りに知られたくないというか……』

そう言われたときは、少し寂しい気もしたけれど、きっと彼は、自分なんかが私に釣り合うわけがないとか思っているのだろう。逆なのにな……。橋田くんみたいな優しい男の子は、たくさんの人に好かれるはずだ。

この前、付き合っていた人がいたかという話にもなった。

『七里さんこそ、彼氏がいたことあるんじゃないの？』

『ううん。彼氏がいたことなんてないよ。橋田くんが初めて』

嘘ではないけれど、たぶん橋田くんが聞きたかったのはそういうことではない。ちょっと、ずるをしてしまった。

結局、佳月と少しの間だけ恋人同士だったことは、まだ橋田くんに話せていない。いつか話せる日がくるといいなぁ。

佳月のことは大好きだけど、私の気持ちは恋ではなかった。私は佳月のことを傷つけてしまった。どうすればよかったのか、今でもわからない。

そういえば最近、橋田くんの様子がおかしい。

どこがどうおかしいかは、具体的に上手く言えないけれど、なんだか、切羽詰まっているような印象を受ける。

何か抱えているのなら、話してほしい。話せないことなら、せめて気持ちを楽にするくらいはしてあげたい。

せっかく恋人になれたのに、私はまだ、橘田くんのことをあまり知らない。

橘田くんは私のことを知ろうとしてくれている。それは嬉しいけれど、自分のことをあまり話そうとしない。

デートの場所だって、いつも私に合わせてくれている。

そろそろ、橘田くんの好きな場所に行きたいんだけどな……。

星が好きって言っていたから、プラネタリウムとかいいかも、なんてことを考えていた。それこそ、橘田くんと初めて会った屋上とかはどうだろう。星が綺麗に見えそうだ。

橘田くんに、伝えたいことがあった。

私はもっと、橘田くんのことを知りたい。

好きな食べ物。好きな音楽。好きな芸能人。

将来は何になりたいか。小学生のころは、中学生のころはどんな男の子だったのか。

犬を飼っていると言っていたけれど、犬種はなんなのだろう。妹さんはどんな子なんだろう。ご両親は何をしている人なんだろう。会ってみたいなぁ……。

ちゃんと聞けばきっと、教えてくれるだろうけど、少し怖くて、なかなか聞けないでいた。

昨日も、放課後に寄り道した公園で言おうと思ったけれど、言えなかった。

このままではいけないと思っていた。

今日、話したいことがあると、意を決してメッセージを送った。

それなのに――。

橋田くんからの返信はない。

学校も休んでいる。

心配になって、橋田くんが行きそうな場所を探してみた。

初めて手をつないだ公園。

放課後に寄り道したコンビニ。

どこにも橋田くんはいなかった。


そして私は今、橋田くんと出会った場所であり、橋田くんから宝物をもらった場所でもある、屋上庭園にいた。

ここに来れば、橋田くんに会えるような気がしていた。

けれど、彼はいなかった。少しだけ待ってみることに決める。

倉庫の屋根に上り、私は星を眺めていた。

ちょっと寒くなってきた。

そろそろ帰らないと心配されてしまう。

その瞬間——待ち望んでいた声が鼓膜に届く。

8

「七里さんっ！」

息を切らしながら、僕は彼女の名前を呼ぶ。

「え？　……橘田くん？」

星空を見上げていた七里さんは、僕の方を振り向く。

その頭の上には0が見える。僕たちの関係は、まだ終わっていない。

うっすらと月明かりに照らされた彼女は、僕が突然現れたことに驚いているようだった。

そして、戸惑いと安堵と、喜びが混ざったような、なんとも言えない表情で僕を見つめる。どうしていいかわからないようだった。

「えっと……今まで、ごめん」

自分の気持ちを伝えなければ。そう思ったけれど、上手く言葉にできる自信がなかった。とにかく、まずは最初に謝るべきだと思って、僕は頭を深く下げた。

「私、すごく心配したんだけど」

七里さんが言った。広い海に落ちていく、雫《しずく》のような呟きだった。

「本当に……ごめん」

「うん。でも、来てくれたんだ」

七里さんは、先ほどまで夜空を見つめていた真っ直ぐな視線を僕に向ける。今にも消えてしまいそうな声だった。

「星、綺麗だね」

僕は七里さんの隣に座って、空を見上げる。

理由はないけれど、不思議と、そうすべきだと思った。

「うん。オリオン座がくっきり見えるね」

冬の大三角形。シリウス、プロキオン、ベテルギウス。

シリウスは太陽を除けば地球から見える中で一番明るい恒星で、ベテルギウスは地球から肉眼で観察できる中で一番大きい恒星なんだ。

冬の大三角形は有名だけど、冬のダイヤモンドっていうのもあるんだよ。

そんなことを言ったら、君はまた「すごいね」と笑ってくれるだろうか。

「本当だ」

伝えなくてはいけないことはたくさんあるはずなのに、何から話せばいいのかがわからなくて、僕はそれだけしか言えなかった。

「あ〜〜〜っ！」

突然、七里さんは大きな声を発しながら、地面に仰向けに寝そべる。澄んだ冬の空気が震えた。

「……びっくりした。どうしたの？」

「なんか、力が抜けちゃって。……あ、寝っ転がるとすごい楽。ちょっと冷たいけど。ほら、橋田くんも」

「うん」

言われるがまま、僕も同じように地面に寝そべった。

視界の全部が宇宙になった。

そうすると、幾分か話しやすくなった気がする。宇宙のパワーだろうか。

さっきよりも、自分の気持ちを上手く言葉にできそうだ。

「えっと、色々あって、勝手に勘違いとか、思い込みとか、そういうので、七里さんのこと避けてた。メッセージとかも、無視しちゃって、ごめん」

僕は夜空に向かって、不器用に言葉を紡いでいく。

「橋田くんが無事なら、それでいいよ」

「うん。本当にごめん」

「ごめんしか言ってないね」

七里さんが笑う。責める口調ではなかった。

でも、どれだけ謝っても足りないのだから仕方がない。

「そういえば、メッセージにあった、行きたい場所ってもしかして……」

小野屋さんも、七里さんがデートの下調べをしていたと言っていた。

「うん。ここのこと。星、好きって言ってたし。プラネタリウムもいいかなって思ってたんだけど、近くにはなかったから。でも、橘田くん、星が好きってことくらいしか知らなくて、もしかすると他に行きたい場所とかあったらどうしようって不安もあって――」

嬉しかったし、同時に申し訳なく思った。

僕があまり自分のことを話さなかったから、七里さんのことを不安にさせてしまった。

ごめん、とまた言おうとしたけど、謝ってばかりだと気を遣わせてしまう気がして、言葉に詰まる。

「あとさ、昨日話しそびれたこと、今話してもいいかな?」

僕が何も言えないでいると、七里さんが切り出した。

「……うん。聞かせて」

それがたとえ、僕にとって悲しい話だとしても、しっかりと聞かなくてはならないと思った。逃げるのをやめて、七里さんと向き合わなくてはならない。

数秒の沈黙の後で、七里さんが小さく息を吸って――。

「私ね……少し前に、付き合ってた人がいるんだ」

「知ってるよ」

思っていたのと違う内容で、力が抜けた。

「ええっ!?」

七里さんが驚いたようにガバっと上半身を起こす。

「さっき、小野屋さんに会って聞いたんだ。あと、実を言うと、僕が今こうしてここに来れたのも小野屋さんのおかげなんだよね」

「そうなんだ」

再び寝そべりながら、七里さんが呟く。

「そういえば、小野屋さんがすごく心配してたから、連絡しておいた方がいいんじゃないかな」

「わっ、やば……。宇宙観測してたら時間の概念吹き飛んでたわ。佳月、怒ってた？」

なんだか天文学者っぽいことを言いつつ、七里さんはスマホを操作する。

「まあまあ怒ってたよ」

「あ〜。マジかぁ。どうしよ……。ひぇっ。着信の数やば……」

「大丈夫。怒ってたのは僕に対してだから」

「なんだ。じゃあいっか」

七里さんが吐いた安堵の白い息が、冷たい夜空に吸い込まれて消えた。

「いい友達がいて羨ましいな」

「橋田くんだって、日野くんがいるじゃん」

「ああ、脩平は自慢の友達だよ」

「うん。私が橋田くんと仲良くなるのに協力してくれたし」

「え？」

今度は、僕が勢いよく上半身を起こす番だった。

「なんでもない」

驚いている僕を見て、七里さんは笑いながら言う。

「それと、これからは、橋田くんのこともたくさん教えてほしい」

「うん。わかった」

僕は力強くうなずいた。

誰にも見つからないように学校を出て、駅までの道のりを二人で歩く。

「今日は、本当にごめんね」

歩いている途中で、もう一度謝った。

「もう大丈夫。許す。その代わり、今度は橋田くんの行きたい場所に連れてってね。プラネタリウムじゃなくてもいいから」

今度は。その言葉で、大事なことを思い出した。僕はさりげなく、七里さんの頭上に視線を向けて、数字を見た。

「……うん。わかった」

数字は0のままだった。日付が変わるまでの三十分の間に、僕たちの関係は終わることになっている。

やっぱり、七里さんの心はもう、僕から離れていってしまっているのではないか。今の台詞も建前で、本当は愛想を尽かしているんじゃないか。

そんなことを思ってしまうけれど――。

「橋田くん、どうしたの？」

「なんでもない。どこに行こうかなって考えてた」

今度は青春恋愛ものの映画を観に行きたい。美術館や博物館もいいな。帰りに、よくわからなかったね、なんて言って笑い合いたい。そのうち、少し遠出もしてみたい。大学生になったら、泊りがけの旅行もしたい。

「そっか」

七里さんのその笑顔を信じると、さっき決めたばかりではないか。

絶対に何か理由があるはずだ。考えろ。

「あ、佳月から返信がきた」

「なんだって？」

「【よかったね。でも橋田は今度殴る】だって」

と、七里さんは楽しそうに小野屋さんからのメッセージを読み上げた。

「明日は防弾チョッキ着て行こうかな」

「あはは。重そう」

今日の朝からは想像もできないような、気の抜けた会話をする。

けれど、幸せにひたっている場合ではない。考えろ。

七里さんは僕のことを、まだ好きでいてくれているとして。

恋人という関係が終わってしまうとすれば――。

別れ話が始まる気配はない。

自然消滅も違う。

他には――。

交差点。街灯に照らされたカーブミラーにトラックが映った。

地面にはところどころ、溶け残った雪が凍った状態で残っている。さっきも、走っている途中で僕は転んだ。

タイヤが滑ったら危ないな。

そう考えて――僕の脳内で、何かがつながった。

数字が0になるのは、恋人だった二人が恋人ではなくなったとき。そして――どちらかが死ぬとき。

つまり、僕か七里さんのどちらかが、もしくは二人が死ぬことで、数字が消滅するという可能性に、僕は気づいてしまった。

トラックがカーブを曲がろうとして――。

世界が、一気にスローモーションになった。

タイヤがスリップし、トラックの車体が横に滑るようにして接近してくる。

「危ない！」

僕は七里さんの手を引いた。

絶対に死なせたくない大切な人を、力いっぱい引き寄せる。

その瞬間――。

0になっていた、彼女の頭上の数字に変化が現れた。

1ずつ、数字が増えていく。

1。2。3。

やがて、数字が増える速度が上がっていく。

七里さんを抱きかかえるようにして、二人で道路の端に倒れ込む。

１７。５３。

トラックが、僕たちがいた場所をえぐるように曲がって。

数字が、目まぐるしい速さで変わっていく。

１７９。

６８３。

ものすごい勢いで増えていく数字の残像が、僕の目に映る。

地面との摩擦を取り戻したトラックのエンジン音が遠ざかっていく。

３４４９。

四桁まで増えた数字は、すぐに五桁に突入する。

１００６１。

２４０２３。

体を起こした七里さんと、視線がぶつかる。

「びっ……くりしたぁ……」

そのまま僕たちは見つめ合って、永遠にも思える時間が流れた。そんな気がした。

大丈夫？　そう言おうとして、僕は口を開く。

でも、それより先に、伝えたい言葉が、伝えるべき言葉があった。

それは——まだ一度も、告白したときですら、しっかりと伝えられていなかった言葉だった。

「好きだよ。七里さん」

僕はしっかりと、最愛の人を抱きしめた。

9

「怪我《けが》とかない？」

僕は先に起き上がり、手を差し伸べる。

「大丈夫。えっと……とりあえず、助けてくれてありがとう」

七里さんが僕の手を取って立ち上がった。

「……うん」

ぎこちないやり取りだった。

何か、話さなくてはいけない。そのことはわかっていたけれど、どう切り出せばいいのかがわからなかった。

——好きだよ。

勢いでそんなことを言ってしまった。

もちろんそれは嘘なんかじゃなく、僕の心からの本音なのだけれど。

あと二十分ほどで日付が変わろうとしている。

僕たちはどちらからともなく歩き出した。手はつながれたままで、七里さんの体温を感じる。

再び、沈黙が漂う。

隣から、鼻をすする音が聞こえた。

「七里さん？」

七里さんは泣いていた。

「やっぱり、どこか痛い？」

「ううん。……違うの」

溜めていた何かがあふれ出したような、そんな泣き方だった。さっき、事故に遭いかけた驚きが引き金になったのだろうか。

初めて見る七里さんの泣き顔に、僕は困惑していた。

「私、橋田くんに嫌われちゃったのかと思って……。どうしようって思って……。ここ最近、ずっと不安だった」

「嫌ってなんかない！」

思わず、大きな声が出てしまう。

七里さんのことを嫌いになんか、絶対になっていない。これからも、ならない。

「さっきも言ったけど、僕は七里さんのことが、その、好きで……。むしろ、僕の方が嫌われてるんじゃないかって思って……」

そこからは、つかえがとれたみたいに、するすると言葉が出てきた。

「それで、色々あって逃げちゃってたけど、すごく自分勝手だったって思ってる。本当にごめん」

「ふふ。また、ごめんって言った」

「だって……」

どれだけ僕が勝手なことをしていたのか、どれだけ七里さんを不安にさせてしまったか。今になって、改めて思い知らされている。

「でもさ、ちゃんと来てくれたね」

「え？」

「橋田くんと連絡が取れなくなっちゃって、でも、あの場所で待ってたら会えるかもしれないって思った。星がすごく綺麗で、橋田くんと一緒に見たいなって思って、ずっと眺めてた。そしたら、橋田くんが本当に来てくれて、嬉しかった」

「七里さん……」

「これからも、ずっとそばにいてくれますか？」

僕は、最愛の人とつながっている手をギュッと強く握って、言葉にして誓う。

「うん。もう二度と、勝手にいなくならない。これからは、ずっとそばにいるから——」

君との恋の終わりは、もう見えない。

エピローグ

「なんか、あれだね。こうして制服を着て隣を歩くのも最後だと思うと、感慨深いね」

梓帆が言った。

発言内容の割に、どこか楽しそうな声音なのが、彼女らしいと思った。

「うん。でも、まだ実感わかないな」

「わかる」

今日は、紫桜高校の卒業式だった。

三年生で別々のクラスになった僕たちは、お互いのクラス会を終え、合流して一緒に帰っていた。

「来月から大学生になるのかぁ……。それにしても、柾人くん、合格できてよかったね」

「お互いにね」

つい先日、僕の第一志望の大学の合格発表があった。すでに大学が決まっていた梓帆に合格したことを伝えると、まるで自分のことのように喜んでくれた。

進学先は違うけれど、どちらも実家から通える距離にある大学だ。

手をつなぎながら、歩道橋を歩く。

「わ、綺麗……」

梓帆の視線を追うと、淡い夕焼けが見えた。

「ほんとだ」

どちらからともなく、足を止めた。

梓帆と出会った日のことを思い出す。

僕が彼女と初めて会ったのも、今日みたいな、淡い夕焼けが綺麗な日だった。

それから、梓帆のことを好きになって。

一度、失恋して、それでもまだ好きで。

やっと届いたと思ったら、運命は残酷で。

未熟な僕は、梓帆に悲しい思いをさせてしまったけれど。

今はこうして隣を歩くことができている。

例の不思議な力はまだあって、やっぱり眠いときにふと他人の数字が見えたりするものの、昔みたいに意識して見るようなことはもうなくなった。

今、梓帆の頭上の数字を見れば、きっと、素敵な未来が約束されているのだろう。

でも、見ようと思わないし、見る必要もない。

本当に信じるべきなのは、数字などではなくその人自身なのだと、僕はもう知っている。

だから――。

「梓帆」

「ん？　どうしたの？」

「これからもずっと、一緒にいてほしい」

君との終わりは見えなくていい。

あとがき

こんにちは。あとがきが苦手なことで有名な蒼山皆水と申します。

何を書けばいいのかわからないので、素直に何を書けばいいのかわからないということを書きます。何を書けばいいのかわからない！　何を書けばいいのかわからない！

何を書けばいいのかわからない！だけであとがきのスペースを埋めると、たぶん怒られてしまうので、とりあえず、今の気持ちを書いておきます。

憧れだったスタ文さんから長編を出すことができて、喜びと幸せに満ちあふれています。世界が輝いて見えています。

今なら、数量限定のケーキが目の前で売り切れるくらいの不幸があっても笑って流せると思います。

さて。本作『君との終わりは見えなくていい』は、恋の終わりが見えるネガティブな男の子が恋をして、ネガティブなりに頑張るお話です。

私自身、ネガティブな人間なので、主人公のネガティブ描写に力が入っています。共感してくださった方は、きっと私の同類です。仲良くしましょう。

こうしてスタ文長編デビューができたのも、たくさんの方々のおかげです。

本作の改稿にあたり、スターツ出版文庫編集部の皆さまより、たくさんのご意見をいただきました。おかげさまで、より素敵な作品になったと思います。本当にありがとうございます。

表紙イラストを担当してくださった雪丸ぬんさま。イラストをいただいたとき、三十分間くらい眺めてニコニコニヤニヤしてました。ファイルを開いたのが自宅で本当によかった。あやうく不審者になるところでした。とてもとても可愛いイラストをありがとうございます。

日ごろから仲良くしてくださっている創作仲間の皆さま。くだらないツイートばかりしている私を、いつも生ぬるい視線で見守っていただき、ありがとうございます。また焼き肉に行きましょうね！

そして、この本を読んでくださったすべての方。ありがとうございます。楽しんでいただけたのであれば幸いです。

またどこかでお会いできることを、心より願っております。

蒼山皆水

蒼山皆水先生へのファンレターのあて先
〒104-0031　東京都中央区京橋1-3-1　八重洲口大栄ビル7F
スターツ出版（株）書籍編集部 気付
蒼山皆水先生

君との終わりは見えなくていい

2023年8月28日　初版第１刷発行

著　者　蒼山皆水　©Minami Aoyama 2023

発 行 人　菊地修一
デザイン　フォーマット　西村弘美
　　　　　カバー　徳重　甫＋ベイブリッジ・スタジオ
発 行 所　スターツ出版株式会社
　　　　　〒104-0031
　　　　　東京都中央区京橋1-3-1　八重洲口大栄ビル7F
　　　　　出版マーケティンググループ　TEL 03-6202-0386
　　　　　（ご注文等に関するお問い合わせ）
　　　　　URL　https://starts-pub.jp/
印 刷 所　大日本印刷株式会社

Printed in Japan

ISBN　978-4-8137-1472-9　C0193